O que tem de mais lindo do que isso?

Kurt Vonnegut

O que tem de mais lindo do que isso?

EDIÇÃO (BEM) AMPLIADA

Seleção e introdução de Dan Wakefield

Tradução de Petê Rissatti

Copyright © 2013, 2014, 2016 by Kurt Vonnegut Jr. Copyright Trust.

Ilustração Copyright © 2014, 2016 by Kurt Vonnegut Jr. Copyright Trust.
Courtesy of The Lilly Library, Indiana University, Bloomington, Indiana.

TÍTULO ORIGINAL
If this isn't nice, what is?
The graduation speeches and other words to live by
(much) expanded second edition

TRADUÇÃO
Petê Rissatti

CAPA E PROJETO GRÁFICO
Rádio Londres

REVISÃO
Shirley Lima
Carolina Rodrigues

ILUSTRAÇÃO DE CAPA
Toni Demuro

Dados Internacionais de Catalogação na Publicação (CIP)
(Câmara Brasileira do Livro, SP, Brasil)

Vonnegut, Kurt, 1922-2007
    O que tem de mais lindo do que isso?/Kurt Vonnegut; seleção e apresentação de Dan Wakefield; tradução Petê rissatti. 1. ed. ampl.
Rio de janeiro: Rádio Londres, 2018.

    Título original: If this isn't nice, what is?
    ISBN 978-85-67861-16-6

    1. Discursos, endereços, etc., americanos
    2. Escritores americanos - Século 20 - Biografia
    3. Literatura norte-americana - Coletâneas
    I. Wakefield, Dan. II. Título.

18-19381	CDD-815.54

Índices para catálogo sistemático:
1. Discursos : Coletâneas: Literatura norte-americana 815.54

Todos os direitos desta edição reservados à
Editora Rádio Londres Ltda.
Rua Senador Dantas, 20 – Salas 1601/02
20031-203 – Rio de Janeiro – RJ

SUMÁRIO

INTRODUÇÃO
ix

BACHARELADO
1

1 COMO FAZER DINHEIRO E ENCONTRAR O AMOR!
Fredonia College, Fredonia, Nova York, 20 de maio de 1978
3

2 CONSELHO ÀS GRADUANDAS
(QUE TODOS OS HOMENS DEVERIAM SABER!)
Agnes Scott College, Decatur, Geórgia, 15 de maio de 1999
15

3 COMO TER ALGO QUE A MAIORIA DOS
BILIONÁRIOS NÃO TEM
Rice University, Houston, Texas, 12 de outubro de 2001
27

4 COMO A MÚSICA CURA NOSSAS DOENÇAS
(E HÁ UM BOCADO DELAS)
*Eastern Washington University, Spokane, Washington,
17 de abril de 2004*
33

5 O QUE A "DANÇA DOS FANTASMAS" DOS NATIVOS
AMERICANOS E OS PINTORES FRANCESES QUE
LIDERARAM O MOVIMENTO CUBISTA TÊM EM COMUM
Universidade de Chicago, Chicago, Illinois, 17 de fevereiro de 1994
53

6 COMO APRENDI COM UM PROFESSOR O QUE OS ARTISTAS FAZEM
Syracuse University, Syracuse, Nova York, 8 de maio de 1994
65

7 NÃO SE ESQUEÇAM DE ONDE VOCÊS VIERAM
Butler University, Indianápolis, Indiana, 11 de maio de 1996
71

8 POR QUE A JUSTIÇA SOCIAL FAZ MAIS DO QUE A ARTE PARA NUTRIR O SONHO AMERICANO *
Universidade Estadual de Nova York, em Albany, 20 de maio de 1972
77

9 COMO SER GAROTOS E GAROTAS SÁBIOS *
Southampton College, 7 de junho de 1981
91

10 POR QUE VOCÊS NÃO PODEM ME IMPEDIR DE FALAR MAL DE THOMAS JEFFERSON
União pelas Liberdades Civis de Indiana (agora União Americana pelas Liberdades Civis de Indiana), Indianápolis, Indiana, 16 de setembro de 2000
103

11 NÃO SE DESESPERE SE NUNCA FOR PARA A UNIVERSIDADE!
Por ocasião do recebimento do Prêmio Carl Sandburg, Chicago, Illinois, 12 de outubro de 2001
113

12 COMO CONSEGUI MEU PRIMEIRO EMPREGO DE REPÓRTER E APRENDI A ESCREVER DE UM JEITO SIMPLES E DIRETO ENQUANTO NÃO ME FORMAVA EM ANTROPOLOGIA *

Do livro An Unsentimental Education: Writers and Chicago, *University of Chicago Press, 1995*
119

13 ALGUÉM DEVERIA TER ME DITO PARA NÃO INGRESSAR EM UMA FRATERNIDADE *
"If I Knew Then What I Know Now: Advice to the Class of '94 from Those Who Know Best" [Se eu soubesse na época o que sei agora: conselhos para a Turma de 94 daqueles que sabem melhor], Cornell Magazine, *maio de 1994*
129

14 O ESCRITOR MAIS CENSURADO DE SEU TEMPO DEFENDE A PRIMEIRA EMENDA *
"The Idea Killers" [Os matadores de ideias], *revista* Playboy, *janeiro de 1984*
131

15 MEU CACHORRO AMA TODO MUNDO, MAS NÃO FOI INSPIRADO PELA GRÉCIA ANTIGA, POR ROMA OU PELO RENASCIMENTO *
"Why My Dog Is Not a Humanist" [Por que meu cachorro não é um humanista], *revista* The Humanist, *novembro/dezembro de 1992*
139

SOLTAS NO TEMPO — CITAÇÕES PARA REFLETIR
149

* inéditos da segunda edição

Introdução
Dan Wakefield

Depois que a publicação do romance *Matadouro 5* o consagrou internacionalmente em 1969, Kurt Vonnegut tornou-se um dos oradores de formatura mais populares dos Estados Unidos. Mesmo antes de o livro ser publicado, o primeiro de seus muitos best-sellers, Vonnegut já havia se transformado em um herói *underground* dos jovens dos anos 1960, ávidos por novas formas de olhar o mundo e por alternativas ao *status quo*. Estudantes trocavam exemplares cheios de orelhas das edições de bolso de seus primeiros romances, como *Cama de gato* e *As sereias de Titã*, mesmo antes de *Matadouro 5* fazer dele um nome famoso. Desde os primeiros contos, publicados nos semanários populares dos anos 1950, inclusive *Colliers* e *The Saturday Evening Post*, a obra de Vonnegut já falava para os jovens, e esse apelo nunca arrefeceu. Seus romances, ensaios e contos são adotados em universidades e escolas de ensino médio em todos os Estados Unidos e, como me disse o Prof. Shaun O'Connell, da Universidade de

Massachusetts, em Boston: "É difícil fazer os alunos lerem Updike e Bellow, mas eles ainda amam Vonnegut."

Para sua própria surpresa e decepção, Vonnegut foi saudado como "porta-voz" das novas gerações e herói da contracultura dos anos 1960, embora ele fosse, paradoxalmente, uma figura de "contra-contracultura". Satirizou as promessas fáceis de paz interior e mundial espalhadas pelo Maharishi Mahesh Yogi em um artigo para a revista *Esquire* intitulado "Yes, We Have No Nirvanas" ("Sim, não temos nirvana nenhum"). Enquanto formas de meditação oriental como o zen viraram moda, Vonnegut declarava que no Ocidente temos nosso método de alcançar os mesmos resultados de redução de batimentos cardíacos e tranquilidade da mente: esse método se chama "ler contos". Ele chamava essa prática de "soneca budista". No entanto, ele não era um daqueles adultos da época que não acreditavam haver nada para se admirar na cultura jovem. Escreveu que "a tarefa do artista é fazer com que as pessoas gostem mais da vida" e, quando lhe perguntaram se alguém havia conseguido isso de verdade, ele respondeu: "Sim, os Beatles conseguiram."

Também amava blues e jazz. Escreveu a um amigo crítico literário: "Durante a minha infância, em Indianápolis, os jazzistas locais me empolgavam e me enchiam de alegria."

Ele não acreditava que as drogas tinham o mesmo efeito. Em um discurso desta coletânea, ele confessa ao público: "Eu fui um covarde e não experimentei heroína, cocaína, LSD e por aí vai... Certa vez, fumei um baseado com Jerry Garcia, dos Grateful Dead, apenas para socializar, mas não surtiu efeito nenhum em mim, então nunca mais voltei a experimentar."

Dificilmente, essas seriam as palavras de um hippie. Um dos hippies mais conhecidos daquela época, o escritor Raymond Mungo, convidou a mim e a Vonnegut para visitarmos a comunidade que ele havia fundado em Brattleboro, Vermont (e, mais tarde, escreveu sobre isso em seu livro de memórias, *Total Loss Farm*). Ele falou que um dos motivos pelos quais ele e os amigos quiseram montar a comunidade e aprender a "viver dos frutos da terra" de maneira simples era que eles queriam ser os últimos seres humanos na Terra. Vonnegut comentou: "Isso não é um pouco presunçoso?"

Do jeito que falava e escrevia, Vonnegut sempre conseguia encontrar palavras e frases diretas que as pessoas pensavam, mas não diziam; ideias que expressavam sentimentos íntimos, que sacudiam os preconceitos e faziam com que o leitor olhasse as coisas de um ângulo diferente. Era sempre ele que atraia a atenção para a questão fundamental de que ninguém queria falar, era sempre ele que via que o rei estava nu.

O mesmo Raymond Mungo, que, em 1970, levou a mim e a Vonnegut para sua comunidade, escreveu para mim recentemente, depois de ter lido a coletânea de cartas de Vonnegut que editei para dizer que "Kurt era e continua a ser um escritor importante, alguém que será lido depois da nossa morte". Uma nova geração de fãs de Vonnegut conheceu sua obra em 2005, quando ele apareceu no *The Daily Show*, de Jon Stewart, para apresentar seu último livro, *Um homem sem pátria*, e os adolescentes ainda hoje se emocionam com histórias como *Harrison Bergeron*, que são ensinadas nas aulas de ensino médio nos Estados Unidos.

Vonnegut não se dirigia a seus leitores de cima para baixo, nem tentava menosprezá-los com sua sabedoria. Era brincalhão e, ao mesmo tempo, profundo, e nesse mesmo estilo e espírito ele falava a turmas de formandos. Não falava com eles como se fossem uma raça diferente e inferior, por serem jovens; ele desdenhava de generalizações geracionais. Diante de uma dessas turmas, ele disse: "[...] não somos membros de gerações diferentes, tão distintas, como algumas pessoas nos fazem acreditar, quanto os esquimós e os aborígenes australianos. Somos todos tão próximos uns dos outros no tempo que deveríamos nos considerar irmãos e irmãs... Sempre que meus filhos reclamam comigo sobre o planeta, eu digo: "Calem a boca! Eu acabei de chegar aqui." (Vonnegut tinha três filhos e adotou mais quatro, inclusive a caçula, Lily, com a segunda mulher, Jill Krementz.)

Embora popular como orador de formaturas, Vonnegut nunca se formou. Saiu de Cornell College para servir no exército durante a Segunda Guerra Mundial, e o exército o enviou para estudar Bacteriologia na Universidade Butler e engenharia mecânica na Carnegie Tech e na Universidade do Tennessee e, em seguida, o alotou na infantaria e lhe deu um fuzil. Enquanto servia como batedor avançado na 106ª Infantaria, na Batalha das Ardenas, ele foi capturado pelos alemães e enviado para o campo de prisioneiros em Dresden, onde sobreviveu ao bombardeio da cidade enquanto estava aquartelado em um frigorífico subterrâneo chamado Matadouro 5. Quando voltou da guerra, estudou Antropologia na Universidade de Chicago, com a ajuda do programa de reintegração dos veteranos, e aceitou trabalhar como repórter na agência de notícias *Chicago News Bureau*. Embora tivesse completado todos os trabalhos para se formar, o projeto de sua dissertação foi rejeitado e ele foi obrigado a deixar para lá e conseguir um emprego como relações-públicas na General Electric. Anos depois, a universidade lhe deu um diploma de graduação honorário, quando ele já era famoso.

"Assim é a vida..."

A fama de Vonnegut como escritor chegou apenas aos 47 anos. Antes disso, batalhava para sustentar uma família grande — não apenas a mulher e três filhos, mas também três filhos da irmã, que morrera de câncer aos 41 anos, um dia depois de seu marido ter morrido, quando o trem no qual viajava despencou de uma ponte. As revistas populares semanais dos anos 1950, que pagavam pelos contos de Vonnegut o suficiente para que ele conseguisse largar o emprego na General Electric, acabaram com o advento da televisão, e ele precisou se virar de várias formas para se sustentar. Não conseguiu vender a uma empresa de camisas sua ideia para um novo tipo de gravata-borboleta, não teve sucesso na criação de um novo jogo de tabuleiro, abriu uma concessionária para automóveis Saab quando a marca ainda era pouco conhecida nos Estados Unidos e, no momento em que aquela tentativa também não deu certo, foi para Boston trabalhar em uma agência de publicidade; não foi aceito como professor de inglês na Cape Cod Community College, deu aula em colégios para garotos com problemas, não conseguiu uma bolsa de estudo da Fundação Guggenheim e, mesmo passando por tudo isso, continuou a escrever. Morreu em 2007, aos 84 anos, ainda escrevendo.

Não era o tipo de vender fórmulas baratas para sucesso instantâneo ou banalidades com o objetivo de dourar a pílula para os jovens que procuravam seus conselhos.

Diferente da maioria dos oradores de formatura, os quais têm um discurso-padrão pronto para todas essas ocasiões, em que simplesmente inserem quando for necessário o nome de uma nova universidade, Vonnegut sempre trazia algo recém-criado, surgia com novas ideias, novas anedotas, novas fontes de gracinhas e provocações sobre as quais refletir. No entanto, ele tinha alguns temas particularmente caros que conseguia inserir em quase todos os seus discursos: o apreço pelos professores, a importância de notar e expressar gratidão pelos doces momentos do dia a dia, parando para dizer, como seu tio Alex lhe ensinara: "O que tem de mais lindo do que isso?" Suas mensagens aos graduandos não eram só flores. Sempre havia seu desespero com a destruição do planeta, seu desprezo pelos políticos que nos mandam à guerra enquanto ficam, eles próprios, em segurança, graças a sua idade e sua posição, nossa necessidade de famílias numerosas e rituais de passagem para a vida adulta que davam força a sociedades do passado e cuja ausência atormenta a nossa.

Vonnegut escreveu que "um escritor é antes de tudo um professor", e seus discursos a graduandos sempre ensinavam a lição que permeia toda a sua obra, uma lição expressa de forma direta por uma personagem em um de seus primeiros romances, que ele continuou a transmitir aos fãs em busca de seus conselhos: "Há apenas uma regra que conheço: É preciso ser gentil, porra!" Descendente de uma longa linhagem de Freethinkers alemães, Vonnegut não era cristão, embora falasse de Jesus como "o maior e mais humano dos seres humanos". Em um discurso feito na Igreja Episcopal de St. Clement, em Nova York ("Domingo de Ramos"), ele disse: "Estou encantado com o Sermão da Montanha. Para mim, parece que ser misericordioso é a única boa ideia que tivemos até então. Talvez um dia desses tenhamos outra boa ideia... e então teremos duas boas ideias."

Ele atuou como presidente honorário da Associação Humanista Norte-Americana e, em uma de suas orações, explicou: "Nós, humanistas, nos comportamos da forma mais honesta possível sem nenhuma expectativa de recompensa ou punição na vida após a morte. Fazemos nosso melhor para servir a única entidade abstrata com que temos familiaridade, ou seja, a nossa comunidade".

Vonnegut acreditava firmemente na importância de servir a comunidade, qualquer uma. Embora em certas turmas de graduandos houvesse um "punhado de celebridades" que se tornariam ídolos nacionais, ele enfatizava que grande parte dos estudantes se veria "construindo ou fortalecendo sua comunidade. Por favor, amem esse destino, se este for o seu, pois as comunidades são tudo o que existe de concreto no mundo. O resto é balela. E, para a geração inquieta de vocês, essa comunidade poderia facilmente ser Nova York ou Washington, Paris ou Houston — ou Adelaide, na Austrália. Ou Xangai, ou Kuala Lumpur".

Ou então poderia ser a cidade, pequena ou grande, na qual vocês nasceram e foram criados. Vonnegut e eu nascemos e fomos criados em Indianápolis, mas saímos para ir à faculdade e depois viver longe de lá. Certa vez, enquanto caminhávamos pelas ruas de Nova York, Vonnegut virou-se para mim e disse: "Sabe, Dan, nunca precisamos sair da nossa terra para ser escritores, porque lá existem pessoas tão espertas e tão estúpidas, tão gentis e tão malvadas, quanto em qualquer outro lugar no mundo." Ele tinha orgulho da educação recebida na Shortridge High School, onde havia trabalhado no jornal escolar, o *The Daily Echo*, como eu viria a fazer uma década depois. Quando numa entrevista alguém perguntou "De onde você tirou suas ideias revolucionárias?", ele respondeu com orgulho e sem hesitação "Das escolas públicas de Indianápolis".

Vonnegut participou das comunidades nas quais morava, serviu no Departamento de Bombeiros Voluntários de Alplaus, Nova York, onde morava enquanto trabalhava para a General Electric, em Schenectady. No período em que morava em Barnstable, em Cape Cod, Kurt e sua mulher, Jane, ministraram um curso sobre os grandes clássicos da literatura para os moradores da região. (Como membro da fraternidade Phi Beta Kappa do Swarthmore College, Jane fez com que ele lesse *Os irmãos Karamázov* durante a lua de mel.) Quando se mudaram para Nova York, ele se envolveu a fundo com o PEN Club, atuando como vice-presidente e lutando pelos direitos dos escritores em todo o mundo.

Se o destino de uma pessoa não for viver e trabalhar em uma grande cidade ou em um país estrangeiro, é igualmente importante e admirável, na visão de Vonnegut, servir o lugar no qual ela mora e se sente plena, não importa quanto esse lugar possa parecer pequeno ou obscuro para o restante do mundo. Quando seu amigo Jerome Klinkowitz, professor e crítico literário, pediu conselhos quanto a se mudar de uma pequena cidade em Iowa para uma posição de maior prestígio na East Coast, Vonnegut lhe escreveu: "Tenho certeza de que você é muito respeitado e extremamente útil onde está. Deve ser uma situação estimulante. Se você se mudar para o Leste, provavelmente descobrirá que a vida fica muito mais impessoal." Klinkowitz seguiu o conselho de ficar onde estava e me disse, anos depois: "Foi o melhor conselho que já recebi na vida."

Tanto em seus discursos como em seus livros, contos e ensaios, Vonnegut comunica o que é, em sua opinião, a mensagem que muitas pessoas "precisam desesperadamente ouvir":

"Sinto e penso mais ou menos a mesma coisa que você sente e pensa, eu me importo com muitas das coisas com que você se importa, embora a maior parte das pessoas nem ligue para elas. Você não está sozinho."

Embora a maioria dos discursos aqui seja dedicada a estudantes que acabaram de se formar, um deles aconteceu diante da União Norte-Americana pelas Liberdades Civis de Indiana e outro na ocasião da aceitação do prêmio literário Carl Sandburg; o que Vonnegut teve a dizer é tão pertinente aos jovens quanto suas palavras aos graduandos. Trata-se da mesma mensagem que ele enviou ao presidente do Conselho Escolar de Drake, em North Dakota, que não apenas banira seu romance *Matadouro 5*, como também mandara queimar alguns exemplares na fornalha da escola:

"... se o senhor tivesse se dado o trabalho de ler meus livros, de se comportar como uma pessoa instruída, descobriria que não são eróticos nem apoiam nenhum tipo de comportamento rebelde. Eles imploram para que as pessoas sejam mais gentis e mais responsáveis do que geralmente são. É verdade que algumas personagens usam palavrões. Mas isso é porque as pessoas falam palavrões na vida real. Especialmente os soldados e os homens que trabalham em coisas manuais usam palavrões, e até mesmo as crianças mais protegidas sabem disso. E todos sabemos também que certas palavras, na verdade, não prejudicam muito as crianças. Elas não nos prejudicaram quando éramos crianças. Foram péssimas ações e mentiras que nos machucaram."

Você não encontrará mentiras nos conselhos de Vonnegut. Ele é um dos grandes defensores da verdade.

— *Dan Wakefield*

BACHARELADO

Por favor, levantem a mão:
Quantos de vocês tiveram um professor ou professora,
em qualquer estágio da vida escolar, do primeiro ano até
este dia de maio,
que deixou vocês mais felizes por estarem vivos, mais
orgulhosos por estarem vivos
do que antes vocês acreditavam ser possível até
aquele momento?
Ótimo!
Agora digam o nome desse professor ou professora para
a pessoa que está sentada ou em pé perto de você.
Pronto?
Obrigado, dirijam para casa em segurança e que Deus
abençoe a todos!

1

COMO FAZER DINHEIRO E ENCONTRAR O AMOR!

*Fredonia College, Fredonia, Nova York,
20 de maio de 1978*

E, como se essas informações não fossem o bastante, Vonnegut explica por que rimos com piadas, por que nos sentimos sozinhos e por que, na verdade, existem seis estações do ano, e não apenas quatro.

A oradora da turma acabou de dizer que está de saco cheio de ouvir as pessoas dizerem: "Fico feliz por não ser jovem nos tempos de hoje." Bom, tudo que posso dizer é: "Fico feliz por não ser jovem nos tempos de hoje."

O reitor desta universidade desejava excluir todas as formas de pensamento negativo do seu discurso de despedida e, assim, me pediu para fazer o seguinte anúncio: "Todas as pessoas que ainda devem taxas de estacionamento devem quitá-las antes de sair da propriedade ou isso deixará seus históricos escolares sujos."

Quando eu era garotinho, em Indianápolis, havia um humorista chamado Kin Hubbard. Todos os dias ele escrevia uma piadinha de algumas linhas para o *The Indianapolis News*. Indianápolis precisa desesperadamente de humoristas. Com frequência, ele era tão sagaz quanto Oscar Wilde. Ele disse, por exemplo, que era melhor ter a Lei Seca do que ficar sem bebida nenhuma. Também disse que quem quer que tenha dito que o sabor da cerveja sem álcool é muito próximo do da cerveja de verdade é incapaz de medir as distâncias.

Presumo que vocês aprenderam coisas realmente importantes durante seus quatros anos aqui e que não precisam ouvir muita coisa de mim. Sorte a minha. Basicamente, tenho apenas isto a dizer: este é o fim, este é, sem dúvida, o fim da infância. "Sentimos muito por isso", como costumavam dizer durante a Guerra do Vietnã.

Talvez vocês tenham lido o romance *O fim da infância*, de Arthur C. Clarke, uma das poucas obras-primas da ficção científica. Todas as outras foram escritas por mim. No romance de Clarke, os personagens sofrem mudanças evolucionárias espetaculares. Os filhos ficam muito diferentes dos pais, menos físicos, mais espirituais, e, um belo dia, todos se juntam e formam uma espécie de coluna de luz que parte, espiralando-se para dentro do universo, rumo a uma missão desconhecida. O livro termina aí. Vocês, formandos, pelo contrário, parecem muito com seus pais, e duvido que decolarão radiosamente para o espaço assim que tiverem seu diploma na mão. É muito mais provável que sigam para Buffalo, Rochester ou East Quogue... ou Cohoes.

E imagino que todos vocês desejem fazer dinheiro e encontrar o amor verdadeiro, entre outras coisas. Vou dizer a vocês como fazer dinheiro: trabalhem muito duro. Vou dizer como encontrar o amor: usem roupas bonitas e sorriam o tempo todo. Aprendam as letras de todas as músicas que estão na moda.

Quais outros conselhos posso lhes dar? Comam muitos cereais para ter o volume necessário de fibras em sua dieta. O único conselho que meu pai me deu foi este: "Nunca enfie nada no ouvido." Os menores ossos do corpo ficam dentro dos ouvidos, vocês sabiam disso? E o senso de equilíbrio também. Se vocês não tratarem bem os ouvidos, podem não apenas ficar surdos, como também cair no chão o tempo todo. Então, deixem os ouvidos totalmente em paz. Eles estão bem do jeito que estão.

Não matem ninguém, ainda que no estado de Nova York não exista pena de morte.

Basicamente, é isso.

Outra coisa que vocês podem fazer, essa é opcional, é perceber que existem seis estações do ano, e não quatro. Todos os pensamentos poéticos sobre as quatro estações estão totalmente errados para esta parte do planeta, e isso talvez explique por que somos tão deprimidos a maior parte do tempo. Quer dizer, com frequência, a primavera não parece nem um pouco primavera, e novembro não tem nada a ver com o outono e assim por diante. Aqui está a verdade sobre as estações: primavera é maio e junho! O que tem de mais primaveril que maio e junho? Verão é julho e agosto. Faz um calor do cão, não faz? Outono é setembro e outubro. Estão vendo as abóboras? Estão sentindo o cheiro das folhas secas queimando? Depois vem a estação chamada de "fechamento". É quando a natureza fica fechada. Novembro e dezembro não são inverno. São o fechamento. Depois vem o inverno, em janeiro e fevereiro. Rapaz! São muito frios! E depois o que vem? Não é primavera. É a reabertura. O que mais poderia ser abril?

Mais um conselho opcional: se você tiver de fazer um discurso, comece com uma piada se conhecer uma. Faz anos que procuro a melhor piada do mundo. Acho que eu sei qual é. Vou contá-la a vocês, mas vocês precisam me ajudar. Precisam dizer "Não" quando eu levantar a mão assim. Certo? Não me decepcionem.

Vocês sabem por que o creme de leite é muito mais caro que o leite?

PLATEIA: Não.

É porque as vacas detestam se agachar naquelas caixinhas.

Essa é a melhor piada que conheço. Uma vez, quando trabalhava para a General Electric Company, em Schenectady, tive de escrever uns discursos para os diretores da empresa. Eu incluí essa piada das vacas e das caixinhas no discurso de um vice-presidente. O sujeito estava lendo e nunca tinha ouvido a piada antes. Ele começou a rir e não conseguia parar e precisou ser levado embora porque seu nariz estava sangrando. No dia seguinte, fui demitido.

"Como funcionam as piadas? Quando as piadas são boas, desafiam você a pensar. Somos animais com uma tendência muito grande a levar tudo a sério. Quando eu fiz aquela pergunta sobre o creme de leite, vocês não conseguiram se segurar. Realmente tentaram pensar em uma resposta séria. Por que a galinha atravessa a rua? Por que o bombeiro usa suspensórios vermelhos? Por que enterraram George Washington em uma encosta de uma colina?"[1]

A segunda parte da piada anuncia que ninguém quer que você pense, ninguém quer ouvir sua maravilhosa resposta. E você fica bastante aliviado por finalmente encontrar alguém que não exija que você seja inteligente. E você acaba rindo de alegria.

De fato, eu montei esse discurso inteiro para permitir que vocês fossem tão estúpidos quanto quisessem, sem estresse e sem punições de qualquer tipo. Eu até escrevi a letra de uma musiquinha ridícula para a ocasião. Falta a música, mas o que não falta no mundo são compositores. Sem dúvida, vai aparecer um. A letra é assim:

> *Adios* aos professores e à pneumonia
> Se eu descobrir onde é a festa
> Vamos juntos em alegria.
> Eu amo você demais, minha linda Sônia
> Tanto que vou te comprar uma begônia
> Você também me ama, não é mesmo, Sônia?

Estão vendo? Vocês estavam tentando imaginar qual seria a próxima rima, mas ninguém se importa com quanto inteligentes vocês são.

Estou sendo bobo assim porque tenho muita pena de vocês. Sinto pena de todos nós. Assim que tudo isso acabar, a vida vai ficar muito dura de novo. E o pensamento mais

---

[1] Três piadinhas muito conhecidas nos Estados Unidos. As respostas são, respectivamente: para chegar ao outro lado; para segurar as calças; porque estava morto. (N. do E.)

útil ao qual podemos nos apegar quando todo o inferno se desencadear é que não somos membros de gerações diferentes, tão distintas uma da outra, como algumas pessoas nos queriam fazer acreditar, quanto esquimós e aborígenes australianos. Somos todos tão próximos uns dos outros no tempo que deveríamos pensar uns nos outros como irmãos e irmãs. Eu tive muitos filhos — sete, para ser exato —, sem dúvida filhos demais para um ateu. E, cada vez que meus filhos reclamam sobre o planeta comigo, eu digo: "Calem a boca! Eu acabei de chegar aqui também. O que você acha que eu sou, Matusalém? Acha que eu gosto dos fatos que passam no noticiário do dia mais que vocês? Vocês estão enganados."

Nesse momento, todos nós estamos vivendo mais ou menos a mesma trajetória de vida.

O que as pessoas um pouco mais velhas querem das pessoas um pouco mais jovens? Receber crédito por ter vivido tanto e, com frequência de forma criativa, em condições muito difíceis. As pessoas mais jovens são intoleravelmente relutantes em lhes reconhecer esse merecimento.

O que as pessoas um pouco mais jovens querem de pessoas um pouco mais velhas? Mais do que qualquer coisa, eu acho, elas querem ser reconhecidas, sem ulteriores hesitações, que agora são homens e mulheres de verdade. Pessoas um pouco mais velhas são intoleravelmente relutantes em reconhecer esse fato.

Portanto, eu assumo a responsabilidade de declarar a esses jovens que estão prestes a se graduar hoje como mulheres e homens. Ninguém deve jamais tratá-los como crianças. Nem eles devem agir como crianças — nunca mais.

Isso é o que se chama ritual de passagem à idade adulta. Entendo que ele chega um pouco tarde, mas antes tarde do que nunca. Toda sociedade primitiva já estudada tinha um ritual de passagem para a idade adulta, em que aqueles que antes eram crianças se tornavam, indiscutivelmente, mulheres e homens. Algumas comunidades judaicas ainda honram essa antiga prática, como sabemos, e se beneficiam dela, na minha opinião. Mas, em geral, as sociedades ultramodernas e maciçamente industrializadas como a nossa decidiram se livrar dos rituais de passagem para a idade adulta — a menos que se inclua nessa categoria a emissão da habilitação aos 16 anos. Se quiserem incluí-la como um ritual de passagem à idade adulta, então ela terá uma característica muito insólita: sua idade adulta pode ser revogada por um juiz, mesmo que você tenha a minha idade.

Outro evento na vida dos homens americanos e europeus que poderia ser considerado ritual de passagem é a guerra. Quando um homem volta da guerra, especialmente se sofreu ferimentos sérios, todos concordam: sem dúvida, ele é um homem. Quando voltei a Indianápolis, depois de haver combatido na Alemanha, um tio meu me disse: "Minha nossa... agora, sim, você parece um homem." Eu queria estrangulá-lo. Se o tivesse estrangulado, teria sido o primeiro alemão a morrer pelas minhas mãos. Eu também era um homem antes de ir para a guerra, mas ele jamais admitiria esse fato.

Eu levanto a hipótese de que negar um ritual de passagem para a idade adulta aos homens jovens em nossa sociedade é um esquema planejado de forma esperta, mas inconsciente, para deixar esses homens ansiosos para ir à guerra, não importa quanto ela possa ser terrível ou injusta. Existem guerras justas também, claro. Ocorre que a guerra na qual eu estava ansioso para combater foi justa.

E quando uma mulher deixa de ser menina e passa a ser mulher, com todos os direitos e privilégios relativos a essa condição? Intuitivamente, todos sabemos a resposta: quando tem um bebê dentro de um matrimônio, claro. Se tiver esse primeiro filho fora do casamento, ainda será uma criança. O que poderia ser mais simples, mais natural e mais óbvio — ou, hoje em dia e nesta sociedade, mais injusto, insignificante e simplesmente estúpido?

Acho que seria melhor, para o nosso bem, reintroduzir os rituais de passagem para a idade adulta.

Eu não apenas declaro esses jovens que estão prestes a se graduar como mulheres e homens. Com todos os poderes que me foram concedidos, eu os declaro também Clark. A maioria de vocês sabe — estou certo disso — que todos os brancos com sobrenome Clark são descendentes dos habitantes das Ilhas Britânicas, que eram notáveis por sua capacidade de ler e escrever.[1] Um negro com sobrenome Clark, claro, descenderia, muito provavelmente, de alguém que foi forçado a trabalhar sem pagamento ou direitos de qualquer espécie por uma pessoa branca de sobrenome Clark. Uma família interessante, esses Clark.

Compreendo que vocês, graduandos, são todos especializados de alguma forma. Mas, na realidade, passaram boa parte dos últimos dezesseis anos ou mais aprendendo a ler e escrever. Os indivíduos que sabem fazer bem

---

[1] O sobrenome inglês Clark vem do latim *clericus*, que designava um escriba, ou um erudito, numa ordem religiosa. (N. do E.)

essas coisas são milagres e, na minha opinião, isso nos dá o direito de desconfiar de que talvez, no fim das contas, sejamos pessoas civilizadas. Aprender a ler e escrever é algo terrivelmente complexo. Leva uma eternidade. Quando repreendemos nossos professores por causa do baixo desempenho dos alunos nos testes de leitura, fingimos que ensinar alguém a ler e escrever é a coisa mais fácil do mundo. Tente algum dia fazer isso e descobrirá que é quase impossível.

Do que adianta ser um Clark, agora que temos computadores, cinema e televisão? *Clarkear*, uma atividade totalmente humana, é algo sagrado. A tecnologia, não. *Clarkear* é a forma mais profunda e eficaz de meditação praticada neste planeta, e ultrapassa de longe qualquer sonho tido por um guru hindu no alto de uma montanha. Por quê? Porque os Clark, ao lerem bem, têm os pensamentos das mentes humanas mais sábias e interessantes de toda a história. Quando os Clark meditam, mesmo que tenham intelectos apenas medíocres, meditam com os pensamentos dos anjos. O que há de mais sagrado do que isso?

Agora chega de idade adulta e de *Clarkear*. Restam apenas dois assuntos fundamentais a serem abordados: a solidão e o tédio. Qualquer que seja a idade de vocês neste momento, com certeza, durante o restante de nossas vidas, ficaremos entediados e nos sentiremos sozinhos.

E nos sentimos sozinhos porque não temos amigos e parentes o suficiente. Os seres humanos deveriam viver em famílias numerosas, estáveis e com ideias afins, formadas por cinquenta pessoas ou mais.

A oradora de vocês lamentou o colapso da instituição do casamento neste país. O casamento está em crise porque nossas famílias são pequenas demais. Um homem não pode representar uma sociedade inteira para uma mulher, e uma mulher não pode representar uma sociedade inteira para um homem. Nós tentamos, mas não é nem um pouco surpreendente que tantos de nós não aguentem.

Então, aconselho todos os presentes a começarem a fazer parte de associações de todos os tipos, não importa quanto sejam ridículas, simplesmente para que tenham mais pessoas em sua vida. Não importa muito se todos os outros membros sejam babacas. O que precisamos é de muitas relações, de qualquer espécie.

Quanto ao tédio: Friedrich Wilhelm Nietzsche, filósofo alemão que morreu setenta e oito anos atrás, tinha isso para dizer: "Contra o tédio, até mesmo os deuses pelejam em vão." É normal ficarmos entediados. Faz parte da vida. Aprendam a lidar com isso ou não serão o que eu declarei que vocês, graduandos, são: homens e mulheres maduros.

Concluo observando que a imprensa, cujo trabalho é saber e entender de tudo, com frequência chama os jovens de apáticos (principalmente quando os especialistas e comentaristas não conseguem pensar em nada mais para escrever ou sobre o que falar). A nova geração de graduandos talvez tenha deixado de tomar alguma vitamina ou algum mineral, ferro talvez. Tem o sangue cansado. Precisam de Geritol.[1]

Bem, como membro de uma geração mais alerta, com faísca nos olhos e um gingado firme nas passadas, deixe-me dizer a vocês o que nos manteve a todo vapor por muito tempo: o ódio.

---

[1] Multivitamínico famoso nos Estados Unidos. (N. do T.)

Durante toda a minha vida, eu tive pessoas para odiar — de Hitler a Nixon, não que esses dois sejam sequer comparáveis em sua malvadeza. Talvez seja uma tragédia que os seres humanos possam extrair tanta energia e tanto entusiasmo do ódio. Se vocês quiserem se sentir com três metros de altura e capazes de correr por cem quilômetros sem parar, o ódio vence a cocaína pura a qualquer momento. Hitler ressuscitou um país derrotado, falido e faminto graças ao ódio e nada mais. Imaginem uma coisa assim.

Então, para mim, parece muito provável que os jovens dos Estados Unidos da América hoje em dia não sejam de fato apáticos, mas apenas pareçam assim às pessoas que estão acostumadas a ficar exaltados através do ódio, junto com as outras coisas, claro.

Os jovens que se formam hoje não são tolos, não são indiferentes, não são apáticos. Apenas estão realizando o experimento de viver sem ódio. O ódio é a vitamina ou o mineral, seja lá como devemos chamar, que falta na dieta deles; e eles perceberam corretamente que o ódio, no longo prazo, é tão nutritivo quanto o cianeto. As façanhas em que eles estão se aventurando é muito exaltante, e eu desejo o melhor para eles.

2

CONSELHO ÀS GRADUANDAS (QUE TODOS OS HOMENS DEVERIAM SABER!)

*Agnes Scott College, Decatur, Geórgia,
15 de maio de 1999*

Aqui, o autor responde à pergunta que Freud fez, mas para a qual nunca conseguiu uma resposta: "O que as mulheres querem?" E, para completar, também revela o que os homens querem.

Nós amamos vocês, estamos orgulhosos de vocês, esperamos coisas boas de vocês e lhes desejamos todo o bem.

Esse é um ritual de passagem para a idade adulta bem atrasado. Agora vocês são oficialmente mulheres adultas — coisa que vocês já eram, segundo a biologia, desde os 15 anos mais ou menos. Sinto muito, muito mesmo, que tenha levado tanto tempo e que tenha sido necessário tanto dinheiro para vocês receberem a certidão de adultas.

Kin Hubbard, humorista que escrevia num jornal de Indianápolis quando eu era pequeno, publicava uma piada por dia para o *The Indianapolis News*. Uma vez, eu me lembro, ele escreveu: "Não é vergonha ser pobre, mas deveria ser." Sobre os discursos de formatura, ele disse: "Acho que seria melhor se as universidades ensinassem as coisas realmente importantes durante os quatro anos, em vez de guardar tudo para o finalzinho."

Mas é isto mesmo que vocês vão ouvir de mim: todas as coisas realmente importantes no finalzinho.

Eu sou tão inteligente que entendi o que há de errado com o mundo. Durante e depois de nossas guerras e dos incessantes ataques terroristas em todo o mundo, todos se perguntam: "O que deu errado?"

O que deu errado é que gente demais — de estudantes do ensino médio a chefes de Estado — obedece ao Código de Hamurabi, um rei da Babilônia que viveu quase quatro mil anos atrás. E há ecos do código dele no Antigo Testamento também. Estão prontos?

"Olho por olho, dente por dente."

Um imperativo categórico para todos aqueles que vivem conforme o Código de Hamurabi, incluindo os protagonistas de todos os filmes de caubóis e de gângsteres aos quais vocês assistiram, é este: cada dano, real ou imaginário, tem de ser vingado. Alguém vai se arrepender amargamente.

(Gargalhada diabólica.)

Lá vem as bombas... ou sei lá.

Quando Jesus Cristo foi pregado na cruz, ele disse: "Pai, perdoa-lhes, porque não sabem o que fazem." Que tipo de homem era esse? Qualquer homem real, obedecendo ao Código de Hamurabi, teria dito: "Pai, mate todos eles e também todos os seus amigos e parentes, e faça com que sejam mortes lentas e dolorosas."

O grande legado que Jesus deixou para nós, em minha humilde opinião, consiste em apenas treze palavras. São o antídoto ao veneno do Código de Hamurabi, uma fórmula quase tão concisa quanto o "$E = mc^2$" de Albert Einstein.

Jesus de Nazaré nos disse para orar usando estas treze palavras: "Perdoai as nossas ofensas, assim como nós perdoamos a quem nos tem ofendido."

Tchau, tchau, Código de Hamurabi.

E, somente por causa dessas palavras, Jesus merece ser chamado de "Príncipe da Paz".

Todo ato de guerra, todo ato de violência, mesmo cometido por um esquizofrênico paranoico, celebra Hamurabi e mostra desprezo por Jesus Cristo.

Alguém aqui é presbiteriano?

Quero avisá-los: muitas pessoas foram queimadas vivas em público porque acreditavam no que vocês acreditam. Então, ao sair daqui, fiquem atentos.

Alguns de vocês talvez saibam que sou humanista, ou livre-pensador, como foram meus pais, meus avós e meus bisavós — e, portanto, não sou cristão. Como humanista, estou honrando minha mãe e meu pai, como a Bíblia diz ser uma coisa boa a se fazer.

Mas, em nome dos meus ancestrais americanos, eu digo: "Se as coisas que Jesus falou eram justas, e em boa parte lindas também, que diferença faz se ele era ou não Deus?"

Se Cristo não tivesse proferido o Sermão da Montanha, com sua mensagem de misericórdia e piedade, eu não iria querer ser um ser humano.

Eu preferiria ser uma cascavel.

Vingança gera vingança, que gera vingança, que gera vingança — formando uma corrente contínua de morte e destruição que liga as nações de hoje às tribos bárbaras de milhares e milhares de anos atrás.

Pode ser que nunca consigamos dissuadir os governantes de nosso país ou de qualquer outro país de reagir com vingança ou violência, a cada insulto ou baixa. Nessa Era da Televisão, continuarão a considerar irresistível a tentação de se transformar em animadores, de competir com os filmes em explodir pontes, distritos policiais, fábricas e assim por diante.

Incêndios, explosões. Venham assistir. Minha nossa...

Para citar o falecido Irving Berlin: "There is no business like show business."

Mas em nossa vida pessoal, em nossa vida íntima ao menos, podemos aprender a viver sem essa empolgação doentia, sem o prazer de ter contas para acertar com uma pessoa específica, ou com um grupo de pessoas, ou com certa instituição, raça ou país.

E, depois, podemos razoavelmente pedir perdão por nossas ofensas, desde que perdoemos a quem nos tem ofendido. E podemos ensinar nossos filhos e nossos netos a fazerem o mesmo, para que eles também não sejam uma ameaça para ninguém.

Ok?

Amém.

Não que não tenha acontecido um monte de coisas boas junto com as ruins muito antes de vocês chegarem aqui. Estou falando da criação das obras de arte. A música, as pinturas. Estátuas, palácios, poemas, contos, peças teatrais e ensaios, e filmes (claro) e ideias cheias de humanidade que fazem com que nos sintamos honrados na condição de membros da raça humana.

Como vocês mesmos poderão contribuir? Vocês chegaram até aqui, e não foi fácil. E agora vou recitar para vocês o famoso verso do poeta Robert Browning, com uma pequena mudança. Substituí a palavra *homem*, que à época era usada para "ser humano", pela palavra *mulher*.

Devo dizer também que sua mulher, Elizabeth Barrett, foi tão boa poetisa quanto ele: "De quantas formas eu te amo? Deixa eu contá-las..." e assim por diante.

Já que estou no assunto, olhem só: a bomba atômica que jogamos sobre o povo de Hiroshima foi inicialmente imaginada por uma mulher, não por um homem. Tratava-se, obviamente, de Mary Wollstonecraft Shelley. Ela não a chamou de "bomba atômica". Ela a chamou de "o monstro de Frankenstein".

Mas vamos voltar a Robert Browning e ao que ele disse sobre qualquer um que espera tornar o mundo um lugar melhor. Repito, mudei a palavra "homem" para "mulher":

"O alcance de uma mulher deve exceder a extensão de seu braço, ou de que adianta a existência do paraíso?"

E, obviamente, o original: "O alcance de um homem deve exceder a extensão de seu braço, ou de que adianta a existência do paraíso?"

Sigmund Freud disse que não sabia o que as mulheres queriam. Eu sou tão inteligente que não apenas entendi o que há de errado com o mundo, o Código de Hamurabi, como também o que as mulheres querem. As mulheres querem um monte de pessoas para conversar. Sobre o que elas querem conversar? Querem conversar sobre tudo.

Homens querem um monte de camaradas — e não querem que fiquem bravos com eles.

Algumas de vocês talvez se tornem psicólogas ou pastoras. Em qualquer um dos casos, vocês terão de lidar com homens, mulheres e crianças cujas vidas estão sendo arruinadas pelo índice astronômico de divórcios no país. É bom que vocês saibam que, quando marido e mulher brigam, pode parecer que é por causa de dinheiro, sexo ou poder.

Mas, na verdade, a razão para eles gritarem uns com os outros é a solidão. O que eles realmente estão dizendo é: "Você, sozinho, não é suficiente."

Na época em que a maioria dos seres humanos vivia em famílias numerosas e morava na mesma parte do mundo durante toda a vida, o casamento era realmente algo a celebrar. Os convidados riam em vez de chorar. O noivo recebia um monte de amigos novos, e a noiva teria um montão de gente nova para falar sobre tudo.

Hoje em dia, entretanto, quando nos casamos, acabamos quase sempre com uma pessoa só — e, claro, talvez alguns parentes adquiridos que estão mais ou menos prontos para se matar e que vivem a centenas de quilômetros de distância, se você tiver sorte — em lugares como Vancouver, no Canadá, ou Hollywood, na Flórida.

Portanto, eu repito: se alguma de vocês, garotas instruídas, se encontrar na posição de consultora de um casamento em crise, por favor perceba que o problema real pode não ser o dinheiro, o sexo ou o poder ou como criar um filho. O verdadeiro defeito da esposa, do ponto de vista do marido, pode ser apenas que ela, sozinha, não é suficiente. O verdadeiro defeito do marido, do ponto de vista da esposa, pode ser que ele, sozinho, não seja suficiente.

Se vocês concluírem que é realmente por isso que eles estão gritando uns com os outros, digam a eles para se tornar mais numerosos um com o outro entrando em uma família numerosa artificial — como os motoqueiros Hell's Angels, por exemplo, ou a Associação Humanista Americana, com sede em Amherst, no estado de Nova York, ou a igreja mais próxima.

Na Nigéria, conheci um homem, um igbo que tinha seiscentos parentes que ele conhecia muito bem. Sua mulher havia acabado de ter um bebê, a melhor notícia possível em qualquer família numerosa.

A intenção deles era levar o bebê para conhecer todos os parentes, igbos de todas as idades, tamanhos e formatos. Ele encontraria até outros bebês, primos não muito mais velhos do que ele. Todo mundo que fosse grande o bastante e firme o suficiente o pegaria no colo, faria carinho, brincaria e diria que o bebê era bonito.

Vocês não adorariam ser esse bebê?

Aqui está um fato: esse meu discurso maravilhoso já é duas vezes mais longo do que a oração mais eficiente e eficaz da história americana, o discurso de Abraham Lincoln no campo de batalha, em Gettysburg.

Enquanto falo para vocês, o próprio ar que respiramos vibra com as palavras e as imagens da CNN. Nos primórdios do rádio, eu me lembro, as pessoas que moravam perto demais do transmissor da KDKA, em Pittsburgh, sentiam as telenovelas nas molas da cama e nas próteses dentárias.

E hoje em dia, de fato, a televisão é um elemento tão dominante na vida de tantos americanos que eles poderiam sem problemas ouvir Wolf Blitzer através das molas da cama e das próteses dentárias. E eu tenho um genro que foi engolido por seu computador. Ele caiu dentro dele, e eu não sei se conseguiremos arrancá-lo de lá. E ele tem mulher e filhos!

Houve um tempo em que um orador, dirigindo-se a uma turma de graduandos, olhando para um mar de beleza e inocência como esse, alertaria vocês sobre todos os filhos da puta que vocês encontrarão depois de sair daqui e começar a caminhar pelas ruas da vida real. Estou falando de homens lascivos, infiéis, Casanovas de quinta categoria e príncipes encantados sociopatas. Mas revistas como *Cosmopolitan* e *Elle* já contaram para vocês tudo a respeito deles e explicaram como vocês poderão se proteger.

Se alguém disser que ama você, verifique bem.

E o governo estadual e federal, graças a Deus, disse para vocês não fumarem, que os cigarros são o demônio encarnado... e qual pessoa de mente sã não odeia o demônio de todo o seu coração?

Os cigarros fazem muito mal, mas os charutos fazem muito bem. Charutos são tão saudáveis que existe uma revista dedicada a eles, com imagens de celebridades fumando charuto na capa.

Os charutos, claro, são feitos de frutas secas e cereais – uma mistura de castanhas, uvas-passas e granola. Por que vocês todos não comem um charuto hoje à noite, antes de irem para a cama?

Zero colesterol.

As armas também fazem muito bem. Zero gordura, zero nicotina e zero colesterol.

Podem perguntar ao seu vereador se isso não é verdade.

E Deus abençoe os governos estadual e federal por cuidarem tanto da saúde pública.

Espero que vocês saibam que a televisão e os computadores são seus amigos e aumentam seu poder intelectual tanto quanto as máquinas caça-níqueis. Tudo que querem é que vocês fiquem sentados, comprando todo o tipo de porcaria e brinquem na bolsa de valores como se fosse um jogo de *blackjack*.

Apenas as pessoas bem-informadas e com um bom coração podem ensinar a outras pessoas coisas que elas sempre lembrarão e amarão. Computadores e televisores não fazem isso.

Um computador ensina a uma criança aquilo em que um computador pode se transformar.

Um ser humano instruído ensina a uma criança aquilo em que uma criança pode se transformar.

Os homens ruins querem apenas seus corpos. Os aparelhos de TV e os computadores querem seu dinheiro, o que é ainda mais nojento. É ainda mais desumanizador!

Se tiverem escolha, vocês não prefeririam alguém que goste de seu corpo mais do que de seu dinheiro?

A revista *Forbes* me perguntou recentemente quais eram meus produtos tecnológicos favoritos, e eu respondi que eram a caixa de correio que fica na esquina, minha agenda de endereços e a *Encyclopedia Britannica*. A *Britannica* é organizada em ordem alfabética, portanto é suficiente saber o ABC e vocês encontram nela todo tipo de coisa.

E enfiar uma carta na caixa de correio é como alimentar um imenso sapo-boi pintado de azul.

Agradeço por vocês terem se formado. Ao se transformarem em pessoas razoáveis e informadas, vocês tornaram este mundo mais racional do que era antes de vocês chegarem aqui. Dou a minha palavra de honra que vocês, graduandas, são basicamente a melhor notícia que já recebi. Ao trabalharem tão duro para se tornar pessoas sábias, razoáveis e bem-informadas, estão fazendo de nosso pequeno planeta, nossa preciosa bolinha úmida e verde-azulada, um lugar menos maluco do que era antes de vocês chegarem aqui.

Obrigado e que Deus abençoe aqueles que possibilitaram a vocês melhorar sua mente e alma na companhia de alunas de todas as partes deste país, e até mesmo de países estrangeiros!

Que engraçado, hein?, eu deveria dizer.

A maioria de vocês está se preparando para entrar em setores que não são muito atraentes para pessoas ávidas por dinheiro, como pedagogia e a arte de cuidar de outras pessoas. Ensinar, se posso dizer isso, é a profissão mais nobre de todas em uma democracia.

Algumas de vocês se tornarão mães. Não recomendo, mas são coisas que podem acontecer.

Se isso acontecer com vocês, podem encontrar consolo nas seguintes palavras do poeta William Ross Wallace: "A mão que balança o berço governa o mundo."

E mantenham essa criança longe daqueles malditos computadores e televisores, a menos que queiram que ela seja uma imbecil solitária, que rouba dinheiro de sua bolsa para poder comprar coisas.

Nunca desistam dos livros. É tão bom segurá-los nas mãos — com seu peso agradável. A relutância doce das páginas quando as viramos com as pontas dos dedos sensíveis.

Boa parte de nosso cérebro dedica-se a decidir se o que nossas mãos tocam é bom ou ruim para nós. Qualquer cérebro que valha um centavo sabe que os livros são bons para nós.

E não tentem criar para si uma família numerosa com fantasmas encontrados na internet.

É melhor comprar uma Harley-Davidson e entrar no Hell's Angels.

Todo discurso de graduação que já fiz terminou com algumas palavras sobre o irmão mais novo do meu pai, Alex Vonnegut, um corretor de seguros de Indianápolis formado em Harvard, homem culto e sábio.

A primeira cerimônia de graduação em que falei, a propósito, foi no que na época era um college exclusivo para mulheres — Bennington, em Vermont. A Guerra do Vietnã estava em curso, e as graduandas não usavam maquiagem para mostrar quanto estavam mortificadas e tristes.

Mas, voltando ao meu tio Alex, que agora está lá no céu. Uma das coisas que ele achava lamentável sobre os seres humanos era que raramente reparavam na própria felicidade. Ele mesmo, entretanto, se esforçava para expressar gratidão pelos momentos bons. Podia acontecer que no verão ficássemos bebendo limonada à sombra de uma macieira, e o tio Alex interrompia a conversa para dizer: "O que tem de mais lindo do que isso?"

Espero que vocês façam o mesmo pelo resto de suas vidas. Quando as coisas vão bem e tudo corre bem, parem por um instante e falem em voz alta: "O que tem de mais lindo do que isso?"

Façam destas palavras seu lema: "O que tem de mais lindo do que isso?"

Esse é o primeiro favor que eu peço a vocês. Agora, vou pedir outro. Peço não apenas das graduandas, mas de todos aqui, parentes e professores também. Quero que levantem as mãos depois de eu fazer uma pergunta.

Quantos de vocês teve uma professora ou um professor, em qualquer nível escolar, que os deixou mais empolgados por estar vivos, mais orgulhosos por estarem vivos, do que acreditavam ser possível até aquele momento?

Por favor, levantem as mãos.

Agora, abaixem as mãos e digam o nome dessa professora ou professor a quem está ao seu lado e expliquem o que ela ou ele fez por você.

Pronto?

O que tem de mais lindo do que isso?

3

COMO TER ALGO QUE A MAIORIA DOS BILIONÁRIOS NÃO TEM

Rice University, Houston, Texas
12 de outubro de 2001

E aprender a amar o próprio destino!

Salve!

Eu não calculei quanto seus diplomas custaram em termos de tempo e dinheiro. Sejam lá quais forem os valores, certamente eles merecem esta minha reação: Uau. Uau. Uau.

Obrigado, e que Deus abençoe vocês e aqueles que tornaram possível a vocês estudarem em uma universidade americana. Ao se tornarem adultos informados, equilibrados e capazes, vocês tornaram o mundo melhor do que era antes de vocês chegarem.

A gente já se conhece? Não. Mas eu pensei muito em pessoas como vocês. Vocês, homens que estão aqui, são Adão. Vocês, mulheres, são Eva. Quem já não pensou um bocado em Adão e Eva?

Aqui é o Éden, e vocês foram expulsos. Por quê? Porque vocês comeram a maçã do conhecimento. Ela está em suas barriguinhas agora.

E quem sou eu? Costumava ser Adão. Mas agora sou Matusalém.

Então, o que esse Matusalém aqui tem a lhes dizer, por ter vivido tanto tempo? Vou repassar a vocês o que outro Matusalém me falou. Joe Heller, autor, como vocês sabem, de *Ardil 22*. Estávamos na festa de um multibilionário em Long Island, e eu disse: "Joe, como você se sente ao perceber que apenas ontem nosso anfitrião provavelmente fez mais dinheiro do que *Ardil 22*, um dos livros mais famosos de todos os tempos, conseguiu de lucro no mundo inteiro nos últimos quarenta anos?"

Joe me disse: "Eu tenho algo que ele nunca poderá ter."

E eu perguntei: "E o que seria, Joe?"

E ele me disse: "A consciência de que tenho o suficiente."

O exemplo dele talvez seja uma consolação para muitos de vocês, Adãos e Evas que, nos próximos anos, serão obrigados a admitir que algo deu terrivelmente errado — e que, apesar da educação que receberam aqui, por alguma razão, não se tornaram bilionários.

De vez em quando, pessoas bem-vestidas me perguntam, mostrando os dentes, como se estivessem prestes a me dar uma mordida, se eu acredito na redistribuição da riqueza. Posso responder apenas que, não importa o que eu penso, a riqueza já está sendo redistribuída a cada momento e, com frequência, de um modo que é absolutamente incrível.

Os Prêmios Nobel são ninharias se comparados ao que um jogador de futebol americano dos Cowboys ganha hoje em dia em uma única temporada.

Há mais ou menos um século, o prêmio mais lucrativo para quem dá uma contribuição realmente significativa à cultura mundial, como físico, químico, fisiologista, médico, escritor ou, Deus o abençoe, pacifistas, é o Prêmio Nobel. Atualmente, ele paga aproximadamente um milhão de dólares. Dólares que, a propósito, vêm de uma fortuna amealhada por um sueco que, misturando argila com nitroglicerina, nos deu a dinamite.

BOOM!

Alfred Nobel queria que seus prêmios tornassem os habitantes mais valiosos do planeta economicamente independentes, para que seu trabalho não fosse obstaculado ou manipulado de um jeito ou de outro por políticos poderosos ou patronos abastados.

Porém, um milhão de dólares agora é apenas uma ninharia, o equivalente de uma ficha branca no pôquer — no mundo dos esportes e do entretenimento, em Wall Street, em muitos processos judiciais, como remuneração para executivos de nossas maiores empresas.

Um milhão de dólares, nos tabloides e no noticiário da noite, hoje equivale a apenas "alguns trocados".

Eu me lembro de uma cena de um filme de W.C. Fields em que ele está assistindo a um jogo de pôquer em um *saloon* de uma cidade construída durante a corrida do ouro. Fields anuncia sua presença colocando uma nota de cem dólares na mesa. Os jogadores mal levantam os olhos do jogo. Por fim, um deles diz: "Dê para ele uma ficha branca."

Mas o custo de uma educação universitária, uma fração mínima de um milhão de dólares para a maioria dos americanos, é algo bem diferente de "alguns trocados".

No passado, graduar-se já foi um meio para se tornar rico e famoso?

Em alguns casos, sim. Sem dúvida, vocês poderiam nomear um punhado de celebridades que estudaram aqui. Mas a maioria dos graduados, em qualquer universidade em que vocês consigam pensar, foi mais útil em âmbito local que nacional e, de hábito, foram recompensados com quantias modestas de dinheiro ou com fama — ou, às vezes, uma pena, com uma ingratidão que era absolutamente imerecida.

Com o tempo, este acabará por ser o destino da maioria de vocês, embora não de todos. Vocês se verão construindo ou fortalecendo suas comunidades. Por favor, amem esse destino se for o seu, pois as comunidades são a única coisa substancial que existe no mundo.

Todo o resto é balela.

E, para sua geração tão livre, essa comunidade poderia facilmente ser Nova York ou Washington, Paris ou Houston — ou Adelaide, na Austrália. Ou Xangai, ou Kuala Lumpur.

Mark Twain, no fim de uma vida profundamente significativa pela qual nunca havia recebido um Prêmio Nobel, perguntou a si mesmo para que todos nós vivemos. Chegou a cinco palavras que satisfizeram a ele. Elas me satisfazem também. E deveriam satisfazer a vocês:

"A estima por nossos vizinhos."

Os vizinhos são as pessoas que conhecem vocês, podem ver e falar com vocês — a quem você talvez dê alguma ajuda ou estímulo benéfico. Sem dúvida, não são tão numerosos quanto os fãs de, digamos, Madonna ou Michael Jordan.

Para conquistar o respeito deles, vocês deveriam aplicar

as habilidades especiais que aprenderam na universidade e alcançar os padrões de decência, honestidade e lealdade estabelecidos pelos livros e pelas pessoas mais velhas.

E pode até ser que um de vocês ganhe um Prêmio Nobel. Querem apostar? É apenas um milhão de dólares, mas e daí? É melhor que nada, como dizem por aí.

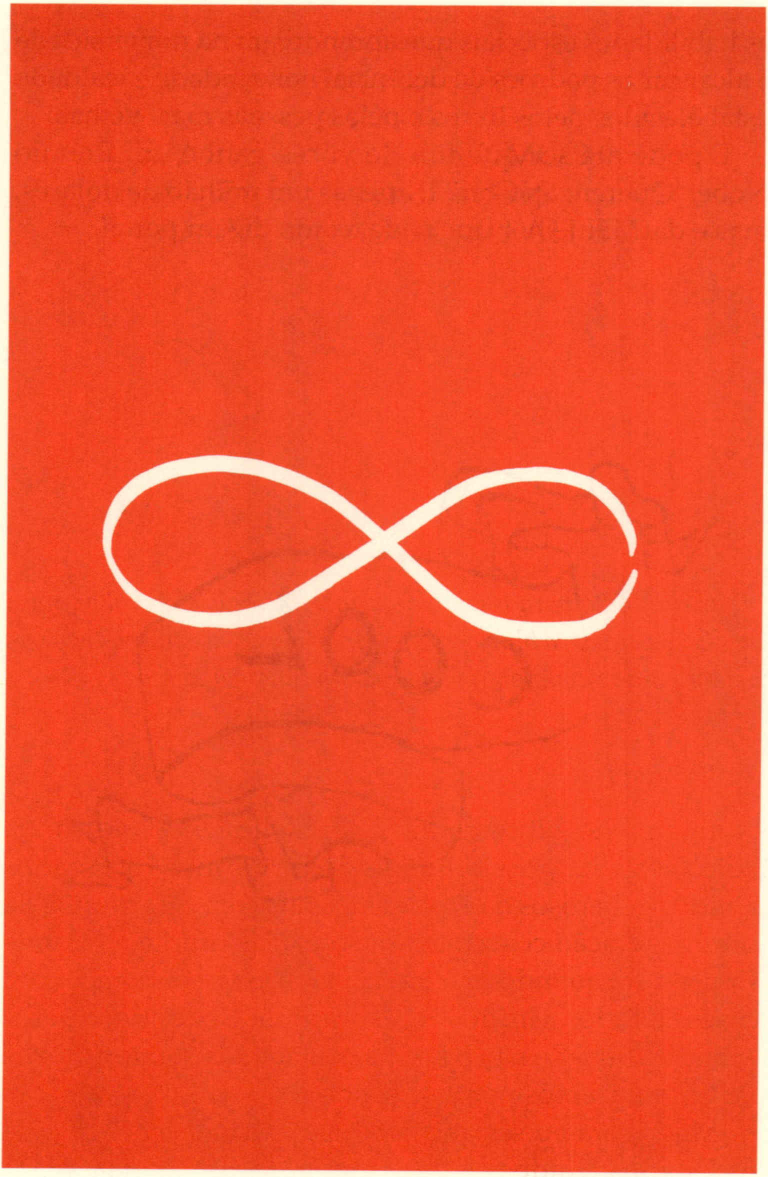

4

COMO A MÚSICA CURA NOSSAS DOENÇAS (E HÁ UM BOCADO DELAS)

Eastern Washington University, Spokane, Washington
17 de abril de 2004

Vonnegut olha para o lado obscuro das coisas e descobre que a música, a dança, o blues, o senso de humor e "as pessoas capazes de verdadeira compaixão" fazem com que valha a pena viver a vida.

Antigamente, eu costumava ser tão ingênuo que ainda acreditava na possibilidade de tornarmos os Estados Unidos generosos e razoáveis, o país com que muitos da minha geração costumavam sonhar. Durante a Grande Depressão, quando não havia empregos, sonhamos com esses Estados Unidos. E, durante a Segunda Guerra Mundial, quando não havia paz, lutamos bastante e muitos de nós morremos por esse sonho.

Mas agora eu sei que não há a mínima esperança de os Estados Unidos se tornarem generosos e razoáveis.

Isso porque o poder nos corrompe e o poder absoluto nos corrompe de forma absoluta. Os seres humanos são chimpanzés que, quando se embriagam de poder, perdem o controle. Eu mesmo já experimentei essa embriaguez. Eu já fui cabo do exército.

Ao dizer que nossos líderes são chimpanzés embriagados de poder, eu corro o risco de destruir o moral de nossos homens e mulheres que combatem e morrem no Oriente Médio? O moral deles, como muitos de seus corpos, já está em pedaços. Estão sendo tratados, coisa que nunca fizeram comigo, como brinquedos que uma criança rica recebe no Natal.

Mas eu quero dizer uma coisa:

Não importa quanto nosso governo, nossas empresas e nossas mídias, nossas bolsas de valores e nossas organizações religiosas e beneficentes possam tornar-se corruptas e gananciosas, a música sempre será uma coisa maravilhosa.

Se eu algum dia eu morrer, que Deus não permita, quero a seguinte inscrição na minha lápide:

A ÚNICA PROVA QUE ELE PRECISAVA DA EXISTÊNCIA DE DEUS ERA A MÚSICA.

E eu já providenciei para que uma valsa de Strauss seja tocada enquanto vocês estiverem saindo do auditório, de modo que, quando chegar a hora de irem embora daqui, vocês possam sair dançando. Para aqueles entre vocês que não sabem dançar valsa, não há nada mais fácil e mais humano. É só fazer assim: dê um passo, deslize, descanse, passo, deslize, descanse, passo, deslize, descanse. Tum, pa-pá, Tum, pa-pá.

Parece que Bill Gates não consegue perceber que somos animais dançantes.

Durante a nossa guerra catastrófica e idiota no Vietnã, a música melhorou cada vez mais. Aliás, nós perdemos aquela guerra. A ordem não poderia ser restaurada na Indochina até os nativos finalmente conseguirem nos chutar de lá.

Aquela guerra serviu para transformar milionários em bilionários. Esta guerra[1] está transformando bilionários em trilionários. Eu chamo isso de progresso.

E por que os povos nos países que invadimos não podem combater como pessoas civilizadas, em seus uniformes, e com os tanques e os helicópteros de ataque?

Quanto à música: eu gosto de Strauss e Mozart e tudo o mais, mas eu seria negligente se não mencionasse o presente absolutamente inestimável que os afro-americanos deram ao mundo inteiro quando ainda eram escravos. Estou falando do blues. Toda a música pop de hoje, o jazz, o swing, o bebop, Elvis Presley, os Beatles, os Rolling Stones, o rock 'n' roll, o hip-hop e por aí vai derivam do blues.

Como eu sei que foi um presente ao mundo inteiro? Um dos melhores grupos de rhythm-and-blues que já ouvi era formado por três caras e uma moça finlandesa que tocavam em um bar da Cracóvia, na Polônia.

O ótimo escritor Albert Murray, que, entre outras coisas, é historiador de jazz, me disse que, durante a era da escravidão neste país, uma atrocidade da qual nunca poderemos nos recuperar totalmente, a taxa de suicídios *per capita* entre os donos de escravos era muito mais alta do que a taxa de suicídio entre os escravos. Murray diz que, na opinião dele, a razão era que os escravos, à diferença

---

[1] A Guerra do Golfo.

de seus donos, tinham desenvolvido uma maneira de lidar com a depressão. Eles podiam tocar o blues.

Ele disse outra coisa com que concordo. Ele falou que o blues não consegue expulsar a depressão de uma casa, mas pode empurrá-la para os cantos de qualquer cômodo em que é tocado.

A propósito, eu sou presidente honorário da Associação Humanista Americana, tendo sucedido nesse cargo totalmente sem função, o grande escritor de ficção científica falecido Isaac Asimov. Nós, humanistas, nos comportamos da forma mais honesta possível sem nenhuma expectativa de recompensa ou punição na vida após a morte. Fazemos nosso melhor para servir a única entidade abstrata com que temos familiaridade, ou seja, a nossa comunidade.

Algum tempo atrás, organizamos uma cerimônia comemorativa para Asimov e, a certa altura, eu falei: "Agora Isaac está lá no céu." Era a piada mais engraçada que eu poderia ter dito a um público de humanistas. Eu fiz com que rolassem de rir. Foram necessários vários minutos para restaurar a ordem.

Se eu tiver de morrer, de novo que Deus não permita, espero que alguém diga: "Kurt está lá no céu agora." É minha piada favorita.

O que os humanistas acham de Jesus? Se as coisas que ele falou foram maravilhosas, que importância tem se era Deus ou não?

Quando alguém chega à minha idade, se conseguir chegar à minha idade, e se reproduziu durante a vida, ele se verá perguntando a seus filhos — eles também não tão jovens assim — qual é o sentido da vida. Eu tenho sete filhos, quatro deles adotados.

Muitos de vocês aqui têm a mesma idade de meus netos. Eles, como vocês, estão sendo regiamente ludibriados e enganados pelos *baby boomers* que controlam nossas multinacionais e o nosso governo.

Eu fiz minha grande pergunta sobre o sentido da vida a Mark, um dos meus filhos biológicos. Mark é pediatra e autor de um livro de memórias intitulado *The Eden Express*, que fala sobre o colapso nervoso dele — estamos falando de camisa de força e cela com as paredes acolchoadas, dos quais se recuperou o suficiente para se formar na Escola de Medicina de Harvard.

O dr. Vonnegut, então, respondeu a seu velho pai trêmulo: "Pai, estamos aqui para ajudar uns aos outros a enfrentar essa coisa, seja lá o que for." E eu repasso a resposta a vocês. Anotem e ponham em seu computador para que possam esquecê-la.

Tenho de dizer que são palavras lindas, quase tão boas quanto "Faça com os outros o que você gostaria que fizessem com você". Muita gente pensa que foi Jesus quem falou isso, porque é exatamente o tipo de coisa que Jesus gostava de dizer. Mas, na verdade, essa frase é de Confúcio, um chinês que viveu quinhentos anos antes daquele grande e muito humano ser chamado Jesus Cristo.

Os chineses também nos deram, por intermédio de Marco Polo, o macarrão e a fórmula química para a pólvora. Os chineses eram tão burros que usavam pólvora apenas para fogos de artifício.

E, naquela época, todo mundo era tão burro que ninguém em nenhum dos hemisférios sabia que o outro existia.

Desde então, certamente avançamos um bocado, apenas setecentos anos atrás. Mas, às vezes, eu gostaria que não tivéssemos avançado. Odeio as bombas H e o talk show *The Jerry Springer*.

Mas eu amo a ciência. Como todos os humanistas amam. Eu tenho um carinho especial pela teoria do Big Bang. Ela diz assim: antigamente havia todo aquele nada, e era tanto nada que não existia nem o nada. E depois, de repente, houve um imenso BANG, e é de lá que essa coisa toda veio. Esqueçam a Bíblia.

Alguma pergunta?

Vocês sabem o que deveriam escrever em cima da entrada do Departamento de Física? Apenas uma palavra: BANG!

Sabe o que mais eu acho? Acho que a vida é uma forma péssima de tratar não apenas as pessoas mas os animais também, inclusive porcos e galinhas. A vida machuca demais.

Qualquer coisa que seja socialista não faz você querer vomitar? Como a ótima educação pública, por exemplo, ou a saúde garantida para todos?

O que falar então sobre o Sermão da Montanha de Jesus, aquele sobre as bem-aventuranças?

Bem-aventurados os mansos,
Porque possuirão a terra.
Bem-aventurados os misericordiosos,
Porque alcançarão a misericórdia.
Bem-aventurados os pacíficos,
Porque serão chamados de filhos de Deus, e assim por diante.

Não são exatamente as agendas de um programa de governo do partido republicano.

Por algum motivo, os cristãos mais eloquentes entre nós nunca mencionam o sermão sobre as bem-aventuranças. Mas, quase sempre com lágrimas nos olhos, eles exigem que os Dez Mandamentos estejam afixados em edifícios públicos. E, obviamente, aquelas são palavras de Moisés, não de Jesus. Nunca ouvi nenhum deles exigir que o Sermão da Montanha — o das bem-aventuranças — fosse afixado em lugar nenhum.

"Bem-aventurados os misericordiosos" em uma sala de tribunal? "Bem-aventurados os pacíficos" no Pentágono? Dá um tempo!

Estou brincando, porém falando sério: há um defeito trágico em nossa preciosa Constituição, e eu não sei o que se pode fazer para saná-lo: apenas os malucos querem se candidatar à presidência.

Já era verdade na minha época de ensino médio. Apenas os alunos com sérios distúrbios concorriam a representantes de classe.

Poderíamos obrigar os psiquiatras a examinarem todos os candidatos. Mas quem, exceto um maluco, iria querer ser psiquiatra?

E se você parar e pensar sobre essa questão, verá que só um maluco iria querer ser um ser humano, se tivesse escolha. Que animais traiçoeiros, inconfiáveis, mentirosos e gananciosos nós somos!

Eu não confiaria em nenhum de vocês, não importa quanto pudessem parecer amigáveis e inocentes, de jeito nenhum. Porque vocês são seres humanos.

E, pelo amor de Deus, como dizem os cristãos, por favor, não confiem em mim. Eu não suportaria.

Minha música favorita? É "How Could You Believe

Me When I Said I Loved You, When You Know I've Been a Liar All My Life?" [Como você pôde acreditar em mim quando eu disse que te amo, se você sabe que fui um mentiroso a vida toda?]

Querem saber pelo que rezo todas as noites?

Eu me ponho sobre meus velhos joelhos, no meu catre perto do quartinho do carvão, e rezo com todo o meu coração: "A quem interessar possa: poderia, por favor, botar minha alma dentro de uma lontra-marinha ou de uma coruja-das-torres?." Eu preferiria ser uma lontra-marinha a ser um ser humano, mesmo que houvesse mais um vazamento de óleo.

Querem saber do que o matemático e filósofo britânico Bertrand Russell chamava este planeta? Ele dizia que era "o Hospício do Universo". E ele dizia ainda que os pacientes haviam assumido o controle, e que estávamos atormentando uns aos outros e quebrando tudo. E não falava de germes ou de elefantes. Estava falando de nós, os seres humanos.

Lorde Russell viveu quase até os cem anos. Suas datas de nascimento e morte são 1872 a 1970 A.D. O que significa "A.D."? É uma sigla que homenageia um dos pacientes do hospício que foi pregado em uma cruz de madeira por um punhado de outros internos. Com ele ainda consciente — não estou brincando —, eles martelaram pregos nos pulsos dele e no peito de seus pés, fixando-o à madeira. Depois, ergueram a cruz para que ele ficasse lá pendurado onde o espectador mais baixo pudesse vê-lo se contorcer.

Você consegue imaginar pessoas fazendo uma coisa assim com outro ser humano?

Não tem problema. É entretenimento. Pergunte ao Mel Gibson, devoto católico apostólico romano que, como um ato de devoção, fez um monte de grana com um filme sobre as torturas infligidas a Jesus. Se lixando para as coisas que Jesus dizia.

Henrique VIII, fundador da Igreja Anglicana, durante seu reinado, ordenou que um falsário fosse cozido vivo em público. De novo, a indústria do entretenimento.

O próximo filme de Mel Gibson deveria ser *O falsário*. As bilheterias bateriam recorde de novo.

Uma das poucas coisas boas dos tempos modernos: se você morrer de forma horrível na televisão, não terá morrido em vão. Terá servido de entretenimento a todos nós.

E o que o grande historiador britânico Edward Gibbon tinha a dizer sobre a história da humanidade até hoje? O seguinte: "De fato, a História é um pouco mais que a crônica dos crimes, tolices e desventuras da humanidade."

O mesmo pode ser dito da edição matutina de *The New York Times*.

As datas de nascimento e morte de Edward Gibson? 1737 e 1794 A.D.

O escritor franco-argelino Albert Camus, que ganhou um Prêmio Nobel de Literatura em 1957, escreveu que "existe apenas um único problema filosófico realmente sério: o suicídio".

Outro exemplo de como, mais uma vez, a literatura nos dá a oportunidade de dar gargalhadas.

Camus morreu em um acidente de automóvel.

Suas datas de nascimento e morte? 1913 e 1960 A.D.

Ouçam: toda a grande literatura fala sobre a porcaria que é a vida dos seres humanos: *Moby Dick*, *Huckleberry*

Finn, A glória de um covarde, Ilíada, Odisseia, Crime e castigo, a *Bíblia* e *A carga da brigada ligeira.*

Mas há uma coisa que preciso dizer em defesa da humanidade: em todas as fases da história, desde o Jardim do Éden, os homens simplesmente se viram na Terra de uma hora para outra. E, exceto no Jardim do Éden, já existia um monte de joguinhos malucos que podiam fazer uma pessoa enlouquecer, mesmo que ela fosse perfeitamente sã. Entre os joguinhos que já existiam quando vocês chegaram à terra, havia o amor e o ódio, o progressismo e o conservadorismo, os automóveis e os cartões de crédito e o golfe e o basquete feminino.

A propósito dos joguinhos, já existiam antes de qualquer um de nós chegar aqui:

Se vocês acompanham os eventos atuais nos tabloides vendidos nos supermercados, já sabem que uma equipe de antropólogos marcianos vem estudando nossa cultura faz dez anos, pois nossa cultura é a única que vale um centavo neste maldito planeta inteiro. O Brasil e a Argentina, por exemplo, você pode esquecer. De qualquer forma, na semana passada os marcianos voltaram para casa, porque sabiam quanto o aquecimento global estava se tornando uma coisa grave. O veículo espacial em que viajavam não era um disco voador. Era mais parecido com uma terrina de sopa voadora. E eles são pequenos mesmo, apenas quinze centímetros de altura. Mas não são verdes. São cor de malva.

E sua pequena líder malva, para se despedir, disse, com aquela voz pequenininha, minusculinha, dela, que havia duas coisas na cultura americana que nenhum marciano jamais entenderia.

"O que há de tão incrível", gritou ela, "nos boquetes e no golfe?"

Mas uma coisa ainda mais louca que o golfe é a política moderna americana, em que, graças à televisão, e para a conveniência da televisão, é possível ser apenas um destes dois tipos de ser humano: progressistas ou conservadores.

Na verdade, mais ou menos o mesmo tipo de coisa acontecia com o povo inglês dez gerações atrás, e sir William Gilbert, membro da dupla revolucionária Gilbert e Sullivan, na época escreveu estas palavras para uma canção sobre o tema:

> Com frequência penso quanto é cômico
> A forma como a natureza garante que
> Cada menina e cada menino nascidos neste mundo
> Neste mundo com toda a certeza
> Seja ou um pouco progressista
> Ou um pouco conservador

E o que vocês são neste país no qual é praticamente uma lei da vida ser uma coisa ou outra? Se vocês não forem uma ou outra, poderiam até ser uma rosquinha.

Se alguns de vocês ainda não decidiram, eu vou facilitar as coisas.

Se vocês quiserem tirar minhas armas de mim, se forem favoráveis ao assassinato de fetos, se pularem de alegria quando os homossexuais se casam e não veem a hora de fazer chás de panela para eles e ainda forem favoráveis aos pobres, são progressistas.

Se você é contrário a todas essas perversões e a favor dos ricos, é conservador.

Não poderia ser mais simples.

Ergam as mãos, por favor: quantos de vocês são progressistas?

A propósito da homossexualidade: se vocês quiserem realmente magoar seus pais e não tiverem coragem de ser gays, ao menos podem se tornar artistas. Em poucos minutos, darei uma lição de escrita criativa.

Mas, enquanto isso, quero falar sobre a luta contra as drogas, iniciada pelo nosso governo. Certamente é muito melhor do que ficar sem nenhuma droga. Foi a mescalina ilegal que pôs o meu filho Mark em um hospício por um tempo.

Mas ouçam uma coisa: as duas substâncias das quais as pessoas mais abusam e que causam mais danos e dependência são perfeitamente legais. Uma, claro, é o álcool etílico. E o presidente George W. Bush, ninguém menos que, por confissão própria, esteve bêbado, altinho ou para lá de Bagdá por um bom tempo, entre os 16 e os 41 anos de idade. Quando chegou aos 41, dizem que Jesus apareceu para ele e fez com que deixasse o copo de lado e parasse de entornar todas.

Outros bêbados falam que viram elefantes cor-de-rosa.

E, depois, que diabos, não foi ele quem tomou as grandes decisões — ele não seria capaz, e não queria fazê-lo de qualquer forma.

A única coisa que precisou fazer foi dizer que não recuaria e não bateria em retirada, independentemente do que acontecesse no Iraque ou no Afeganistão. Para onde você poderia bater em retirada se está em Crawford, Texas? Para Dubuque, em Iowa? Para Spokane?

E vocês sabem por que, na minha opinião, ele ficou

tão fulo da vida com os árabes? Porque eles inventaram a álgebra.

Os árabes também inventaram os números que usamos, inclusive um símbolo para indicar o nada, que ninguém havia criado antes. Você acha que os árabes são burros? Tente fazer uma divisão longa com numerais romanos.

Estamos exportando a democracia, não estamos? Da mesma forma que os exploradores europeus trouxeram o cristianismo para os índios, que agora chamamos de "nativos americanos". Existem algumas histórias sobre espanhóis que estavam prestes a queimar um nativo americano porque ele, de alguma forma, os havia desrespeitado. Ele estava amarrado no meio da fogueira, pronto para entreter, e um espanhol fixou uma cruz na ponta de uma vara longa e a estendeu para ele poder beijá-la.

O nativo americano perguntou por que ele deveria beijá-la, e o espanhol respondeu que, se ele a beijasse, poderia entrar no céu. O nativo americano perguntou se havia espanhóis no céu. Responderam que havia, e muitos, e o nativo americano disse que, se fosse assim, ele não queria ir para lá de jeito nenhum.

Que ingrato! Quão ingratas são as pessoas de Bagdá!

Então, vamos conceder mais uma redução de impostos aos super-ricos. Assim, vamos ensinar uma lição para a Al Qaeda que ela não vai esquecer tão cedo. *Hail to the Chief*.[1]

Esse chefe e sua legião tinham tão pouco a ver com a democracia quanto aqueles espanhóis com Jesus. Nós, o povo, não tivemos absolutamente nenhuma voz nas decisões dele. No caso de vocês não terem notado, eles limparam

---

[1] É o hino presidencial oficial dos Estados Unidos. (N. do T.)

os caixas públicos, passando tudo para os camaradas deles envolvidos nos negócios da guerra e da segurança nacional, deixando para sua geração e para a próxima uma dívida gigantesca que vocês deverão pagar.

Ninguém soltou um pio enquanto faziam isso com vocês, porque os grandes magnatas e a televisão desconectaram todos os alarmes antirroubo previstos pela Constituição: a Câmara, o Senado, a Suprema Corte e o FBI, e Nós, o Povo.

Sobre a minha história pessoal de abuso de substâncias estranhas. Pela graça de Deus ou seja lá do que for, não sou alcoólatra, por uma questão puramente genética. Tomo um ou dois drinques aqui e ali, e vou fazer isso de novo hoje à noite. Mas dois é meu limite. E dois drinques não são um problema.

Por outro lado, sou um notório viciado em cigarros. Mantenho a esperança de que os cigarros me matem. A chama de um lado, um tolo do outro.

E sempre fui um covarde em relação a heroína, cocaína, LSD e todo o resto, com medo de que pudessem me levar à beira do abismo e, diferente do meu filho Mark, talvez eu nunca mais conseguisse voltar. Fumei baseado uma vez com Jerry Garcia, dos Grateful Dead, para não parecer antissocial. Mas não senti nada, então nunca mais voltei a provar.

Mas vou dizer uma coisa a vocês: certa vez, fiquei tão alto como nem mesmo o crack poderia me deixar. Foi quando peguei minha primeira carteira de motorista! Prepare-se, mundo, está chegando Kurt Vonnegut. Agora sou o que um carro é. Agora tenho a potência de cem cavalos, ou seja, de mil e cem homens, então não brinque comigo. Olá, bebê, precisa de uma carona para algum lugar?

E meu carro na época, um Studebaker, se não me engano, era abastecido, como são quase todos os meios de transporte e outros maquinários hoje, e as usinas de energia elétrica e as fornalhas, pelas drogas que causam mais danos e dependência de todas, ou seja, os combustíveis fósseis, que pegam fogo facilmente.

Quando vocês nasceram, até mesmo quando eu nasci, o mundo industrializado já estava irremediavelmente viciado nos combustíveis fósseis, que daqui a pouco vão acabar. O que nos espera é uma crise de abstinência forçada.

Vocês já ouviram falar dos "bebês do crack"? São as crianças que vêm ao mundo já viciadas em crack. Bem, nós somos a mesma coisa, só que com o combustível fóssil.

Enquanto falo, estamos queimando os últimos vestígios, gotas e pedaços dos combustíveis fósseis em uma compulsão de festanças termodinâmicas. E, enquanto isso, nossos dejetos e descargas continuarão a deixar o ar irrespirável e a água impotável, e cada vez mais formas de vida morrem por nossa causa.

Aqui é uma universidade, correto? Não é certo dizer aos jovens a verdade neste espaço? Em outras palavras, aqui não é como no noticiário de TV, é?

E aqui está a verdade, na minha opinião: somos todos viciados em combustíveis fósseis, mas nos recusamos a admitir isso, e estamos nos aproximando de uma crise de abstinência.

E, como muitos viciados que estão prestes a encarar uma crise de abstinência, os chefões de nossos governos estão cometendo crimes horrorosos para conseguir o pouco que resta da substância na qual somos viciados.

Mas fiquem tranquilos. Eu tenho uma piada que vai dissipar toda essa tristeza. É outra piada sobre os marcianos. É isso mesmo, e não esqueçam que, independentemente do que aconteça, ainda teremos a música e o senso de humor:

Hoje, meus amigos, tenho uma má e uma boa notícia para vocês. A má notícia é que os marcianos aterrissaram em Nova York e estão hospedados no Hotel Waldorf Astoria.

A boa notícia é que eles apenas comem sem-tetos e mijam gasolina.

Se vocês puserem um pouco desse mijo em uma Ferrari, podem correr a duzentos quilômetros por hora. Se forem homens, poderão ter todas as mulheres que quiserem. Ponha um pouco em um avião e poderá voar mais rápido que uma bala e jogar todo tipo de porcaria em cima dos árabes. Ponha um pouco em um ônibus escolar e vai conseguir levar as crianças para a escola e buscá-las. Ponha um pouco em um carro de bombeiros e vai levar os bombeiros até o fogo para que possam apagá-lo. Ponha um pouco em um Honda e ele vai levá-lo ao trabalho e depois de volta para casa.

E esperem até ouvir o que os marcianos cagam. Urânio. Apenas um deles pode iluminar e aquecer cada casa, escola, igreja e comércio em Tacoma.

Como é ter a minha idade? Não consigo mais fazer uma maldita baliza, por isso não fiquem olhando enquanto eu estiver tentando fazer uma, por favor. E a força da gravidade tornou-se uma coisa muito menos amigável e administrável do que costumava ser.

Também me tornei um assexuado fanático. Sou tão casto quanto cinquenta por cento do clero heterossexual católico apostólico romano. E a castidade não é nenhum suplício. É algo bem barato e conveniente. Você não precisa fazer ou dizer nada depois da cópula, porque não há cópula nenhuma.

E, quando minha máquina de raiva, que é como eu chamo meu televisor, exibe peitos e sorrisos na minha cara, e diz que todo mundo, menos eu, vai transar com alguém hoje à noite, e que isso é uma emergência nacional, razão pela qual eu tenho de sair correndo e comprar um carro ou pílulas, ou um aparelho de ginástica dobrável que eu possa esconder embaixo da cama, eu dou risadas como uma hiena. Eu sei muito bem, e vocês também sabem, que milhões e milhões de honestos cidadãos americanos, sem excluir os presentes aqui, não vão transar com ninguém hoje à noite.

E nós, fanáticos assexuados, votamos! Espero, ansioso, pelo dia em que o presidente dos Estados Unidos, que, aliás, provavelmente não vai transar com ninguém esta noite, declare o Dia Nacional do Orgulho Assexuado. Então, sairemos aos milhões de nossos armários. Ombros eretos e queixos erguidos, marcharemos pelas ruas principais de toda essa nossa democracia louca por peitões e vamos rir como hienas.

Mas ouçam uma coisa: algum tempo atrás, recebi uma carta de uma mulher romântica. Ela sabia que eu era romântico também, um democrata do tipo Franklin Roosevelt, um amigo das classes trabalhadoras. Ela estava prestes a ter um bebê, que não era meu. Queria saber se era um erro trazer um bebezinho inocente a um mundo tão horrível quanto este. Eu lhe disse que o que fazia a vida quase valer a pena para mim eram os santos com os quais deparo. São pessoas que se comportam com compaixão e competência, apesar de tudo, e podem estar em qualquer lugar.

Então, talvez alguns de vocês aqui, hoje à noite, sejam ou possam tornar-se os santos que o filho dessa mulher vai encontrar. A maioria de nós está impregnada do Pecado Original. Mas um número surpreendente de nós — não eu, Deus bem sabe — está carregado com a Virtude Original. Não é uma beleza?

Então, agora é hora de ensinar escrita criativa.

Primeira regra: não use ponto e vírgula. Eles são como hermafroditas travestidos e não representam nada. Tudo que fazem é mostrar que vocês estiveram na universidade.

Estou ciente de que alguns de vocês talvez tenham problemas em concluir se estou brincando ou não. Então, de agora em diante, quando estiver brincando, vou tocar o nariz com o dedão e vou fazer fosquinha

Por exemplo? Ingresse na Guarda Nacional ou nos Fuzileiros e ensine democracia ao mundo. (NARIZ)

Se eu mostrar o dedo médio para vocês (DEDO), significa que Spokane está prestes a ser atacada pela Al Qaeda. Nesse caso, agitem bandeiras, se tiverem alguma. Isso sempre parece deixá-los espantado, afastando-os. Por favor, não confundam os dois sinais ou podem, acidentalmente, iniciar a Terceira Guerra Mundial.

Vou embora agora enquanto *O Danúbio Azul* tocará pelo sistema de alto-falantes. Por favor, valsem ao sair.

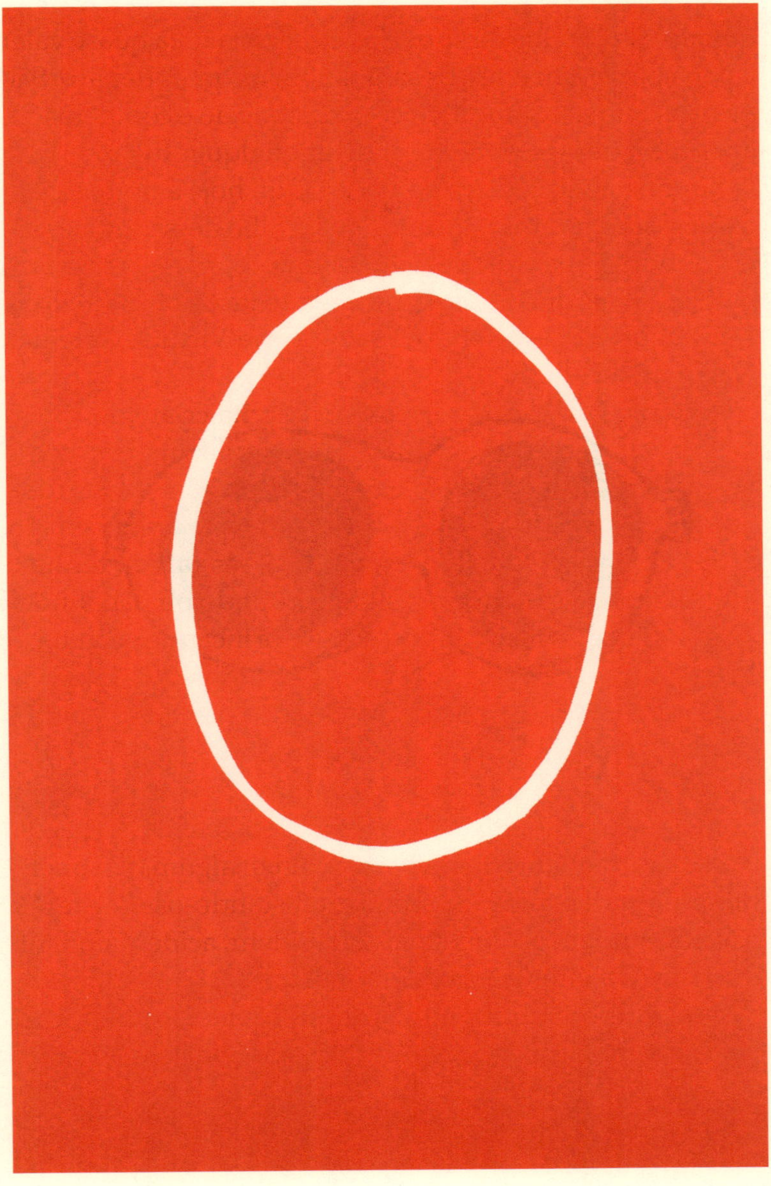

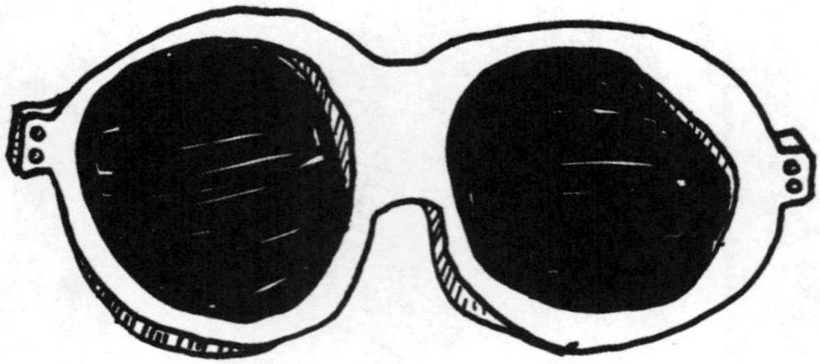

5

O QUE A "DANÇA DOS FANTASMAS" DOS NATIVOS AMERICANOS E OS PINTORES FRANCESES QUE LIDERARAM O MOVIMENTO CUBISTA TÊM EM COMUM

*Universidade de Chicago, Chicago, Illinois,
17 de fevereiro de 1994*

Vonnegut conta como sua escrita de ficção foi inspirada pelo professor que estava "no último degrau da escala hierárquica" do Departamento de Antropologia da Universidade de Chicago.

Alguns anos atrás, uma garota me contou que havia se candidatado a esta universidade. O sujeito que a entrevistou perguntou por que ela estava interessada nessa universidade em particular. Ela respondeu que era porque Philip Roth e eu havíamos estudado aqui, além de muitas outras considerações, claro. Ele, então, retrucou dizendo que Philip e eu éramos exatamente o tipo de pessoa que nunca deveria ter frequentado este lugar. O que ele quis dizer com isso? Se ele estiver aqui na plateia, eu gostaria de me encontrar com ele mais tarde e conversar a esse respeito.

Eu vim para cá em 1946, imediatamente depois de haver participado de uma guerra. Era a Segunda Guerra Mundial, um nome e um evento dignos de H. G. Wells. Essa guerra terminou quando lançamos nossas bombas atômicas nos civis, inclusive nos animais de estimação e nas plantas domésticas deles, de Hiroshima e Nagasaki, com grande surpresa para todos. O fato de essas bombas serem possíveis foi demonstrado pela primeira vez no estádio de futebol abandonado desta universidade, onde os esportes não gozavam de muita consideração. O presidente da universidade na época, Robert Maynard Hutchins, tornou-se famoso ao dizer que, sempre que sentia vontade de fazer atividade física, se deitava até a vontade passar. Por fim, ele acabou fazendo parte de um *think tank* na Califórnia.

Pelo que eu saiba, a única arma decente da Segunda Guerra Mundial vindo de Harvard, onde todo mundo se acha, foi a Napalm ou seja, a gasolina em gel.

Eu cheguei aqui de Indianápolis. Naquele tempo, era como quando um francês provinciano chega a Paris ou um caipira austríaco chega a Viena ou, como no caso de Adolf Hitler, a Munique.

Naquele tempo, sempre graças a Robert Maynard Hutchins, o curso de graduação consistia em apenas dois anos dedicados ao estudo dos chamados Grandes Clássicos. Philip Roth é um produto desse curso de curta duração. Só nos encontraríamos muitos anos depois. O curso de pós-graduação incluía tudo que seria feito em outras universidades americanas depois do segundo ano. Como muitos veteranos que voltavam a estudar com mais de dois anos de créditos conseguidos em outras instituições, fui admitido nesse curso insólito, com três ou quatro anos à frente antes de conseguir o diploma.

Os créditos que eu tinha conseguido eram quase fracassos em Química, Física, Matemática e Biologia. Na verdade, eu fora reprovado em um curso cujo objetivo é afastar pessoas como eu de carreiras como a de cientistas que é a Termodinâmica.

Apesar de minha incapacidade de superar as barreiras intelectuais da Termodinâmica, ou daquela prova de merda, se preferirem, eu ainda queria ser respeitado como uma pessoa que pensava de forma científica, que amava a verdade, a verdade toda e nada além da verdade. Ficou óbvio que apenas uma pseudociência era possível para mim. O ideal, eu pensava, seria uma pseudociência com um status social superior a Astrologia, Meteorologia, Barbearia, Economia ou Embalsamação.

As duas mais importantes, tanto na época como agora, eram a Psicanálise e a Antropologia Cultural. As duas se baseavam, tanto na época como agora, naquilo que havia regularmente enviado pessoas inocentes à cadeira elétrica, que é o testemunho humano, ou seja, o blá-blá-blá. Escolhi Antropologia Cultural. O resultado é o que agora está aqui, diante de seus olhos.

Muito se escreveu sobre os efeitos do repentino ingresso em instituições de educação superior de veteranos depois da minha guerra. Um deles foi deixar confusos muitos professores, cuja autoridade e cujo prestígio se baseavam em ter visto muito mais da vida e do mundo que seus estudantes. Durante os seminários, eu tentava às vezes expressar algumas observações que havia feito sobre os seres humanos enquanto era soldado, como prisioneiro de guerra e como pai de família. Na época, eu já tinha esposa. Mas descobri que era um gesto de grande falta de educação, como aparecer num jogo de azar com dados viciados. Não era algo justo.

O fato é que éramos muito inocentes.

Em retrospecto, minha tentativa de me tornar membro do departamento de Antropologia se assemelha a uma visita a um kibutz, um kibutz conforme descrito por Bruno Bettelheim no livro *The Children of the Dream*. Nós, veteranos, éramos estranhos levemente interessantes que deviam ser tratados com educação, no pleno entendimento, de ambas as partes, que dali a pouco deixaríamos de atrapalhar. E foi isso mesmo que aconteceu.

Mais ou menos nessa época, apareceu na revista *New Yorker* uma série de contos de Ludwig Bemelmans sobre um cumim que ajudava um garçom em um grande hotel em Paris. O garçom se chamava Mespoulets, "meus franguinhos". A especialidade de Mespoulets era servir os hóspedes que a gerência não queria que voltassem ao restaurante.

Cada departamento acadêmico tem seu Mespoulets, acho. Certamente, nós tínhamos um quando eu ensinava na Oficina de Escritores da Universidade de Iowa. Vou chamar o Mespoulets no departamento de Antropologia em que eu estudava na época de professor Z, já falecido.

Faltavam ao professor Z o charme e a presença cênica, elementos que são fundamentais para um grande antropólogo cultural. Também tinha dificuldades em conseguir a publicação de seus artigos. Portanto, empurravam para ele todas as dissertações daqueles de nós que as estrelas do departamento não queriam acompanhar.

Também ministrava um curso de verão quando os outros professores estavam de férias ou ocupados com alguma escavação ou fazendo outra coisa. O curso podia ser sobre qualquer coisa, desde que seu objetivo real fosse permitir aos veteranos continuar a receber seus subsídios do governo, que estava grato pelos seus serviços. Para conseguir sustentar minha família, eu trabalhava como repórter policial para o *Chicago News Bureau*, praticando o que hoje em dia poderia ser chamado de "Antropologia Urbana".

Tornar-me um dos franguinhos do professor Z foi uma das melhores coisas que me aconteceram, perdendo apenas, talvez, para o fato de me encontrar em Dresden quando foi bombardeada. Faz muito tempo que ele morreu, mas muitas de suas ideias ainda vivem em mim. Morreu vários anos depois de eu sair da universidade. Suicidou-se. Tinha grandes teorias sobre ciência, arte, religião, evolução e por aí vai, que, obviamente, ele expunha em seus ridículos cursos de verão. Muitas delas, e certamente sua ambição de abordar os maiores assuntos imagináveis, tornaram-se elementos das minhas obras de ficção.

Não sei se antes de se suicidar, deixou uma carta. Mas imagino que considerava impossível pôr suas teorias grandiosas no papel.

Tinha tantas teorias grandiosas mandou que eu fizesse minha dissertação sobre uma delas. Não esqueçam que eu era candidato ao título de mestre, o equivalente acadêmico ao posto de cabo do exército. Ele me propôs uma pesquisa sobre o tipo de liderança necessária para causar mudança radical em uma cultura. Por que perder tempo com besteiras?

Então, foi o que eu fiz. Ele me pediu para comparar a ideia de liderança que havia inspirado uma tribo indígena pacífica a combater o Exército dos Estados Unidos, ou seja, o culto conhecido como "Dança dos fantasmas", com a liderança dos cubistas, que haviam descoberto formas completamente novas de usar as superfícies e a pintura. Não me revelou isso antes, mas ele já tinha feito a comparação. E, orientado dessa maneira, cheguei à conclusão à qual ele devia ter chegado.

Mas minha dissertação foi rejeitada pelo departamento, tanto por ser ambiciosa demais como por não se encaixar no campo da Antropologia. Eu estava sem tempo e dinheiro, e aceitei um emprego no que era na época, possivelmente, o Estado socialista mais próspero e compassivo da história, a General Electric Company, em Schenectady, estado de Nova York.

Pode ser que isso não tenha muita importância, e talvez não valha mais que um "tostão furado", como costumávamos dizer no Exército, mas, em termos de liderança, a Dança dos fantasmas e o movimento cubista tinham os seguintes elementos em comum:

1. Um líder carismático e talentoso que descrevia as mudanças culturais que deveriam ser feitas;
2. Dois ou mais cidadãos respeitados confirmando que aquele líder não era um maluco, ou seja, que valia a pena ouvi-lo;
3. Uma figura de boa aparência e com domínio de oratória que explicava ao grande público quais projetos os líderes tinha, por que era tão maravilhoso e assim por diante, dia após dia.

Ao que parece, um organograma desse tipo funcionou muito bem para Adolf Hitler e também, talvez, para Robert Maynard Hutchins, quando, sessenta anos atrás, virou essa universidade de cabeça para baixo.

Uns dois anos atrás, eu estava em Chicago a trabalho e fui visitar meu antigo departamento. Sol Tax era o único professor do meu tempo ainda na ativa. Perguntei por alguns de meus antigos colegas de turma, visitantes do kibutz cujas dissertações haviam sido consideradas aceitáveis. Um, disse ele, trabalhava com Antropologia Urbana em Boston, e eu comentei que havia trabalhado ali por alguns anos, em uma agência de publicidade.

Então, eu disse a ele o que contei a vocês, quanto eu devia ao professor Z. Não falei nada sobre Z estar no último degrau da escala hierárquica do departamento, sobre o fato de que era o Mespoulets da situação. A propósito, eu ficaria muito feliz se essa palavra, "Mespoulets", se tornasse parte da gíria acadêmica, para nomear esse membro do corpo docente a quem cabe ser mentor de todos os zés-ninguéns que nunca irão para lugar nenhum. Nas agências de publicidade, é comum começar no departamento de correspondência. Nas universidades, é comum começar como Mespoulets.

Quando usamos uma nova palavra três vezes em uma conversa, li no *Reader's Digest* quando era um jovem delinquente, ela se torna parte permanente de nosso vocabulário. O professor Z era um Mespoulets e morreu sem ter avançado nessa hierarquia. Sol Tax talvez tivesse sido um Mespoulets por algum tempo, mas certamente não era mais quando cheguei aqui. Acho difícil acreditar que o chefe do departamento, o professor Robert Redfield, que alcançou a fama e também tornou o departamento famoso com um ensaio chamado "The Folk Society", alguma vez tenha sido um Mespoulets. Pronto: já foram três vezes, acho.

O professor Tax, lembrando o Mespoulets do departamento morto e enterrado faz tempo, disse que o professor Z havia escrito muito bem sobre uma polêmica prática religiosa dos americanos nativos: o culto de peiote.

Até onde o Professor Tax sabia, o professor Z não havia escrito muitas coisas desde então. Apenas aqueles de nós que tínhamos feito seu curso de verão sem regras conhecíamos o tamanho da ambição de nosso mentor. Começamos a entender que cada seminário servia para expor e testar as ideias contidas no capítulo de um livro sobre a condição humana que ele estava escrevendo ou planejava escrever. Não compartilhei essa informação com o professor Tax, mas perguntei se ele tinha o endereço da viúva do meu mentor. Ele tinha.

A senhora se casara de novo fazia bastante tempo. Escrevi para ela, com a intenção de lhe dizer como eu tinha achado seu primeiro marido estimulante, e como haviam sido úteis para mim, em minha carreira de escritor, suas vastas especulações. Devo tê-la lembrado de uma horrível infelicidade que ela esperava ter deixado para trás. Nunca nos encontramos pessoalmente, e nunca nos encontraremos, pois ela nunca me respondeu.

Se tivesse respondido, eu teria lhe perguntado se ele deixara alguma de suas grandes ideias no papel, e onde essas páginas estavam. Mas, infelizmente...

De fato, estou em dívida com o chefe do departamento, professor Robert Redfield, e também com seu Mespoulets.

Dostoiévski escreveu que uma lembrança sagrada guardada da infância talvez seja a melhor educação. Eu digo que uma teoria plausível e romântica sobre a humanidade talvez seja o melhor prêmio que você pode obter dos estudos universitários. E a teoria do professor Redfield sobre *Folk Society* para mim fora isso mesmo. De fato, foi o ponto de partida da minha posição política.

Aqui vai, em poucas palavras, minha posição política: vamos parar de dar às multinacionais e às suas engenhocas modernas aquilo de que eles precisam e voltemos a dar a nós, seres humanos, aquilo de que precisamos.

Muito antes de eu chegar aqui, todas as teorias da evolução cultural foram propostas e descartadas por falta de provas que as corroborassem. As culturas não eram patamares descritíveis e previsíveis de uma escada que as sociedades tinham de subir necessariamente, do politeísmo ao monoteísmo, por exemplo, e assim por diante.

Mas o Professor Redfield dizia, de fato, resumindo e mais ou menos parafraseando: "Um momento. Acho que posso descrever um tanto detalhadamente um estágio que muitas, muitas sociedades alcançaram ou superaram, nem inferiores ou superiores a outros estágios." Talvez valha a pena pensar a esse respeito, pois foi ou era muito comum. O curso do Professor Redfield sobre a *Folk Society*, que ele dava todos os anos, era extremamente popular, atraindo alunos de toda a universidade. Hoje em dia, sua teoria é muito discutida aqui ou em qualquer outro lugar?

Uma *Folk Society*, dizia ele, era uma comunidade relativamente pequena, ligada por relações próximas e por uma história comum de certa duração, que vive num território que não é objeto de disputa ou facilmente defensável, e suficientemente isolado, de modo pouco influenciado pelas culturas de outras sociedades.

Não deve haver tantas sociedades assim hoje em dia. Ainda havia algumas poucas quando cheguei aqui. Eu me lembro do testemunho de algumas pessoas que tinham vivido em comunidades desse tipo e diziam que o isolamento, a uniformidade das ideias, a rotina, entre outras coisas, eram sufocantes.

Eu acredito nisso. Eu mesmo nunca visitei uma, a menos que vocês queiram incluir o próprio departamento de Antropologia.

Mas eu certamente li um bocado sobre elas na biblioteca daqui. Parecia-me que essas comunidades, por causa de sua simplicidade e isolamento, talvez fossem consideradas culturas de laboratório nas quais era possível observar nos seres humanos certas necessidades que vão além da comida, do abrigo das intempéries, de roupas e sexo. Por falta de uma expressão melhor, eu as chamarei de necessidades espirituais, pois quero dizer apenas que eram invisíveis, inodoras, inaudíveis, intangíveis e não comestíveis.

Seria possível, eu me perguntava, que certas características em comum a todas as sociedades não revelassem apenas necessidades espirituais comuns a todos os seres humanos, inclusive entre aqueles que estão reunidos neste auditório? Será que esses traços não nos mostram formas de atender a essas necessidades, performances dramáticas, se quiserem, sem as quais os seres humanos, por sua natureza, mal conseguem viver direito?

Penso na Marinha Britânica, cujos homens, embora preenchessem os oceanos do mundo, se sentiam péssimos o tempo todo até começarem a chupar limões. Era uma deficiência de vitaminas, obviamente! E aqui estamos, nesta sociedade pós-industrial, pós-Guerra Fria, sentindo-nos péssimos o tempo todo. Temos todos os minerais e as vitaminas de que precisamos. Será que estamos sofrendo de uma deficiência cultural que podemos sanar? Meus caros, a resposta é SIM:

No instante do nascimento, vamos dar um totem de presente a todos. Que prova eu tenho de que até mesmo as pessoas mais instruídas precisam de símbolos sem sentido e arbitrários que as relacionem com outros indivíduos, com a Terra e o universo? Sou de escorpião. Quem aqui é de escorpião, por favor, poderia levantar a mão? Olha só! Dostoiévski era um dos nossos!

Isso mesmo, e vamos encontrar uma maneira de conseguir famílias numerosas para nós e para os outros. Um marido e uma mulher e alguns filhos não formam uma família, não mais que uma Pepsi Diet e três biscoitos Oreo formam um café da manhã. Vinte, trinta, quarenta pessoas: isso, sim, é família. Os casamentos estão todos fracassando. Por quê? Os cônjuges estão dizendo uns para os outros, sendo humanos: "Você só não é suficiente para mim."

Pronto, e vamos garantir que cada americano tenha um ritual de passagem para a vida adulta, um convite de boas-vindas memorável aos direitos e deveres dos adultos. Do jeito que estão as coisas atualmente, apenas os judeus praticantes têm um ritual de passagem. Quanto ao restante de nós, a única forma de nos sentirmos adultos é engravidar uma mulher, ficar grávida de um homem, ou cometer um crime ou ir para a guerra e voltar vivo dela.

Para encerrar, quero dizer que é bom ter voltado para casa.

> IT IS HARDER
> TO BE UNHAPPY
> WHEN YOU
> ARE EATING
> CRAIG'S
> ICE CREAM

É difícil ficar triste quando você está tomando um sorvete Craig's.

6

COMO APRENDI COM UM PROFESSOR O QUE OS ARTISTAS FAZEM

Syracuse University, Syracuse, Nova York
8 de maio de 1994

E como nós também podemos fazê-lo!

Há três coisas que eu quero muito dizer neste pequeno olá e até logo. São coisas que não são ditas o suficiente para vocês, recém-graduados, nem para seus pais ou tutores, tampouco para mim ou para seus professores. Direi essas coisas ao longo do meu discurso, só estou aqui preparando vocês.

Primeiro, vou dizer obrigado a vocês. Segundo, vou dizer que sinto muito mesmo — agora essa é a novidade notável entre as três. Vivemos em uma época em que ninguém parece desculpar-se por nada; as pessoas apenas choram ou ficam putas no *Oprah Winfrey Show*. A terceira coisa que quero dizer em algum momento — provavelmente perto do fim — é: "Nós amamos vocês." Agora, se esquecer de falar qualquer uma dessas três coisas durante este maravilhoso discurso, levantem as mãos, e eu sanarei essa falha.

E vou pedir a vocês que levantem as mãos já agora, no início deste discurso por outro motivo. Primeiro, declaro a vocês que a coisa mais maravilhosa e mais preciosa que vocês podem receber da educação é esta: a lembrança de uma pessoa realmente capaz de ensinar, cujas aulas tornaram a vida e vocês mesmos muito mais interessantes e cheios de possibilidades do que consideravam possível. Eu pergunto isso a todos aqui, inclusive a todos aqueles que estão aqui no palco: quantos de nós, quantos de vocês, tiveram um professor assim? Inclusive no jardim de infância. Por favor, levantem as mãos. Rápido. É bom vocês se lembrarem do nome dessa grande professora ou desse grande professor.

Agradeço a vocês por terem estudado. Estão vendo, eu agradeci a vocês agora — desse jeito, não preciso falar para um bando de paspalhões. Para vocês, recém-formados na faculdade, esse é um ritual de passagem para a idade adulta que estava esperando vocês fazia um tempão. Nós, cujo principal mérito é sermos mais velhos que vocês, no mínimo temos de reconhecer que vocês também são adultos. É possível que existam alguns velhotes quadradões aqui entre nós dizendo que vocês não serão adultos até que, de alguma forma, tenham sobrevivido, como eles sobreviveram, a alguma calamidade famosa — a Grande Depressão, a Segunda Guerra Mundial, o Vietnã, seja lá o que for. Os contadores de história são responsáveis por esse mito destrutivo, para não dizer suicida. Porque dez, cem, mil vezes, nas histórias, depois de algum incidente terrível, o protagonista finalmente pode dizer: "Pronto, hoje sou uma mulher; pronto, hoje sou um homem. Fim."

Peço desculpas. Eu disse que pediria; peço desculpas

agora. Pela bagunça terrível em que nosso planeta se encontra. Mas sempre foi uma bagunça. Nunca houve essa coisa de "Bons e Velhos Dias"; sempre houve apenas o tempo. É como eu digo aos meus netos: "Não olhem para mim. Eu acabei de chegar aqui também."

Então, sabem o que vou fazer agora? Eu declaro todos os presentes aqui membros da Geração A. Para todos nós, amanhã será outro dia.

Tendo dito isso, transformei a nós todos, por algumas horas ao menos, naquilo que a maioria de nós não tem e naquilo de que precisamos tão desesperadamente — transformei a todos nós em uma família numerosa, um por todos e todos por um. Um marido, uma mulher e alguns filhos não formam uma família; trata-se de uma unidade de sobrevivência terrivelmente vulnerável. Agora, aqueles de vocês que se casarem ou que já se casaram, saibam que, quando brigam com seu cônjuge, o que cada um de vocês está dizendo ao outro na verdade é: "Você, sozinho, não é suficiente. É apenas uma pessoa. Eu deveria ter centenas de pessoas ao meu redor."

Agora, eu fiz com que nós todos nos tornássemos uma família numerosa. Nossa família tem uma bandeira? Claro que sim. É um grande retângulo laranja. Laranja é uma cor muito boa, talvez seja a melhor entre as cores. É cheia de vitamina C e evoca coisas alegres, se conseguirmos não pensar nos problemas da guerra civil na Irlanda.[1]

Ora, essa reunião é uma obra de arte. O professor cujo nome mencionei quando todos nos lembramos de nossos

---

[1] Laranja é a cor dos unionistas irlandeses, que são favoráveis à ligação entre Irlanda do Norte e Reino Unido. (N. do E.)

bons professores me perguntou certa vez: "O que os artistas fazem?" E eu gaguejei alguma coisa. "Eles fazem duas coisas", respondeu ele. "Primeiro, admitem que não conseguem consertar o universo inteiro. E, segundo, fazem com que, ao menos, uma pequena parte dele seja exatamente como deveria ser. Um amontoado de argila, um retângulo de tecido, um pedaço de papel, ou seja lá o que for." Todos nós temos trabalhado arduamente para tornar esses momentos e este lugar exatamente o que deveriam ser.

Como eu disse a vocês, eu tinha um tio malvado chamado Dan, que dizia que, um homem não pode ser um homem até ter ido à guerra. Mas eu também tinha um tio bom chamado Alex, que nos momentos em que a vida ficava mais agradável — e podia ser apenas com uma limonada à sombra de uma árvore — dizia: "O que tem de mais lindo do que isso?" Então, eu digo o mesmo sobre o resultado que conseguimos alcançar aqui hoje. Se meu tio não tivesse dito isso com tanta frequência, talvez cinco ou seis vezes ao mês, talvez não parássemos para pensar como às vezes a vida pode ser gratificante. Talvez meu tio bom Alex continue vivendo em alguns de vocês, que estão prestes a se formar este ano, se, no futuro, de vez em quando pararem para dizer em voz alta: "O que tem de mais lindo do que isso?"

Pronto, meu tempo já acabou, e eu nem inspirei vocês com exemplos heroicos do passado — o ataque de cavalaria de Teddy Roosevelt sobre a San Juan Hill, a operação Tempestade no Deserto —, nem dei a vocês perspectivas de um futuro glorioso — programas de computador, TV interativa, a *information superhighway*, avanços incríveis. Passei tempo demais celebrando este momento e este lugar: o que muitos anos atrás era o futuro com o qual sonhávamos. Ele chegou. Nós estamos aqui. Como diabos conseguimos isso?

Contratei meu vizinho — que era pedreiro — para construir um anexo em formato de "L" na minha casa no qual eu pudesse escrever. Ele fez a coisa toda: construiu a fundação, depois as paredes e, por fim, o teto. Fez tudo isso sozinho. E, quando terminou, ele deu um passo para trás e disse: "Caramba, como é que eu fiz isso?" Caramba como conseguimos fazer isso? Mas nós conseguimos! E, o que tem de mais lindo do que isso?

Tem mais uma coisa que eu me esqueci de dizer, e prometi que diria: "Nós amamos vocês. Amamos vocês de verdade."

"QUEEN OF THE PRAIRIES"

Rainha das pradarias.

7

NÃO SE ESQUEÇAM DE ONDE VOCÊS VIERAM

*Butler University, Indianápolis, Indiana,
11 de maio de 1996*

Vonnegut celebra sua cidade natal e espera que alguns formandos se tornem o tipo de "santos" que façam valer a pena viver a vida.

Olá e parabéns!
 E obrigado! Vocês tornaram nosso país mais forte e mais admirável seguindo um caminho de estudos que custou muito.
 E só Deus sabe quanto custou, só Deus sabe.
 Se eu tivesse de fazer tudo de novo, escolheria passar minha infância mais uma vez na Forty-fourth Street com North Illinois, em Indianápolis, Indiana. Eu nasceria de novo em um dos hospitais desta cidade, de novo seria um produto de suas escolas públicas.
 Eu voltaria a frequentar as aulas de Bacteriologia e Análise Quantitativa no curso de verão da Butler University.

Aqui, eu tinha tudo à minha disposição, assim como vocês têm tudo à sua disposição: o melhor e o pior da nossa civilização, se bem aqui vocês puderem encontrar Música, Finanças, Governo, Arquitetura, Pintura e Escultura, História, Medicina, Atletismo, e livros, livros, livros e ciência.

Além de figuras exemplares e professores.

Pessoas tão inteligentes que vocês mal conseguem acreditar que existam, e pessoas tão burras que vocês mal conseguem acreditar que existam.

O homem mais sábio e mais divertido do mundo quando eu estava crescendo não estava em Londres, Paris ou em Nova York. Estava bem aqui, em Indianópolis. Seu nome era Kin Hubbard e todos os dias escrevia uma piada elegante para o *Indianapolis News* sob o pseudônimo "Abe Martin".

Kin Hubbard disse que não conhecia ninguém disposto a trabalhar pelo salário que ele merecia de verdade.

Ele era mais engraçado e sábio que David Letterman.

Na minha escola, no ensino médio, havia no mínimo, trinta pessoas tão engraçadas quanto David Letterman.

Tem algo especial no ar aqui.

Uma companheira minha de turma do ensino médio, Madeline Pugh, tornou-se a roteirista-chefe do seriado *I Love Lucy*.

Letterman também cresceu aqui, na região que o pessoal do *show business* — que agora inclui nossos políticos mais conhecidos e os assim chamados jornalistas — com frequência chama de *"flyover country"*, a parte do país em que as pessoas se limitam apenas a sobrevoar.

Estamos em algum lugar no meio das câmeras de televisão de Washington, D.C., Nova York e Los Angeles.

Por favor, juntem-se a mim para falar para a barriga dos aviões que nos sobrevoam: "Vai tomar no cu."

O maior dos presidentes americanos, Abraham Lincoln, veio de Kentucky, de Indiana, e do Illinois.

T.S. Eliot e Tennessee Williams, considerados, respectivamente, o maior poeta e o maior dramaturgo deste século, vieram de St. Louis.

Aquele que provavelmente é o maior amigo que os trabalhadores já tiveram neste país, Eugene Debs, era de Terre Haute.

Ele disse: "Enquanto houver uma classe inferior, eu farei parte dela; enquanto houver uma classe de criminosos, eu estarei nela; enquanto houver uma alma na prisão, eu não serei livre."

Antigamente era admirável que um americano falasse desse jeito.

Alguma pessoa culta por aqui vai me contar o que deu errado?

O que estou dizendo é que há solo muito fértil aqui.

Não estou falando de milho ou de porcos.

Estou falando de criar almas e intelectos importantes.

No entanto, as pessoas que escolhi para celebrar hoje não são americanos do Midwest que se tornaram famosos no mundo.

Vocês por acaso sabiam que um dos mais sofisticados homem do mundo que honraram este planeta com sua presença, o compositor e letrista Cole Porter, o cara mais aclamado em Nova York, Londres e Paris, veio de Peru, Indiana?

Peeee-ru, pelo amor dos céus!

Acreditam nisso? Quão perto do Brazil e de Kokomo isso fica? [1]

As pessoas que eu muito admiro atualmente são aquelas que construíram universidades como esta, com auditórios como este, com museus de arte como aquele que fica lá fora em algum lugar, com bibliotecas em cada bairro. E igrejas e hospitais. E fábricas e lojas. Uma utopia.

Estou me dirigindo de novo às celebridades televisivas que nos sobrevoam:

Ei, vocês, seus cretinos catódicos que recebem muito mais do que merecem:

"Aqui embaixo" é onde a vida real acontece.

"Aqui embaixo" é onde o trabalho real é feito.

O próprio avião foi inventado em Ohio.

Como os Alcoólicos Anônimos. O espelho retrovisor.

Sim, e muitos bailarinos maravilhosos de todo o mundo saem ou sairão da Butler University, em Naptown. Nós temos alguns deles aqui?

Alguns de vocês não ficarão aqui. Mas, por favor, não se esqueçam de onde vieram. Eu nunca me esqueci.

Reparem quando vocês estiverem felizes e saibam quando tiverem o suficiente.

Quanto a resolver problemas gastando dinheiro: o dinheiro é feito para isso.

Meu tio, Alex Vonnegut, um vendedor de seguros que morava em 5.033 North Pennsylvania, me ensinou uma coisa muito importante. Ele dizia que, quando as coisas estão indo realmente bem, não deveríamos deixar de nos

---

[1] São outras duas cidadezinhas no estado de Indiana. (N. do E.)

dar conta disso. Ele estava falando de ocasiões muito simples, e não de grandes vitórias. Talvez beber limonada à sombra de uma árvore, ou sentir o cheiro de uma padaria, ou ir pescar, ou ouvir a música que vem de uma sala de concerto enquanto se está do lado de fora, no escuro, ou, ouso dizer, o instante imediatamente depois de um beijo. Ele me disse que, nesses momentos, era importante dizer em voz alta: "O que tem de mais lindo do que isso?"

Tio Alex — que está enterrado em Crown Hill junto com o poeta James Whitcomb Riley, e minha irmã, meus pais, meus avós e meus bisavós, e o gângster John Dillinger — achava que era um desperdício terrível ser feliz e não perceber.

Eu concordo com ele.

Vocês foram chamados de "Geração X".

Mas vocês são tão Geração A quanto foram Adão e Eva.

Pelo que li em Gênesis, Deus não deu a Adão e Eva um planeta inteiro.

Ele lhes deu um pedaço de terra administrável, digamos, a título de ilustração, duzentos acres.

Sugiro a vocês, Adãos e Evas, que definam como objetivos pegar uma parte pequena do planeta e mantê-la arrumada, segura, saudável e honesta.

Tem um bocado de limpeza a se fazer.

Tem um bocado de reconstrução a se fazer, tanto espiritual quanto material.

E, repito, haverá também um bocado de felicidade. Não se esqueçam de prestar atenção nisso!

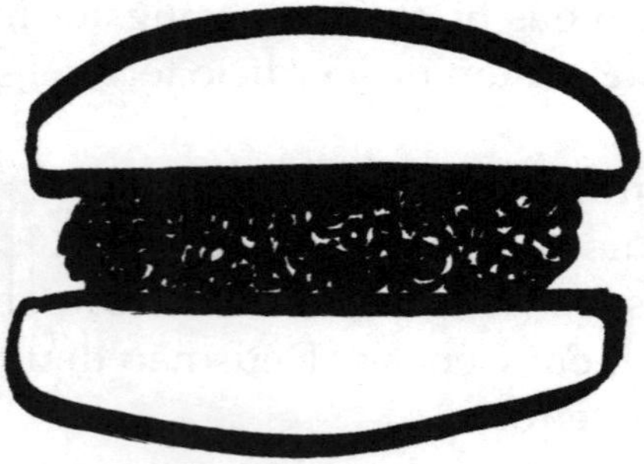

8

POR QUE A JUSTIÇA SOCIAL FAZ MAIS DO QUE A ARTE PARA NUTRIR O SONHO AMERICANO

Universidade Estadual de Nova York, em Albany, 20 de maio de 1972

Vonnegut nos encoraja a tocar uns aos outros e nos tornar uma família, cuidando uns dos outros como as famílias fazem, e a investir mais dinheiro em escolas, hospitais e rodas-gigantes.

Vocês foram gentis em me convidar.

A administração me pediu para que eu fizesse o seguinte anúncio: se alguém trapaceou no processo de conseguir o diploma, esse é o momento de confessar e sair bem de fininho. Se não confessar agora, será atormentado pelo bicho-papão pelo resto da vida — e por um Papai Noel muito furioso.

Eu nunca me formei, mas certas coisas que eu fiz no ensino médio ainda me atormentam. Eu também fui encorajado a confessar. E eu confessei? Não. Esse é um dos motivos pelos quais estou constantemente em estado de ansiedade.

Outro motivo pelo qual estou constantemente nesse estado de ansiedade é que tenho quase certeza de que fomos invadidos por criaturas que vieram do planeta Plutão em discos voadores. Eu acho que esta será a grande revelação do meu discurso: a invasão das criaturas de Plutão e o que os terráqueos poderão fazer a esse respeito. Mas eu gostaria de guardar isso para mais tarde.

*

Meu irmão trabalha aqui. Costumava trabalhar na Casa da Moeda. Era um emprego muito bom. Ele fazia um monte de dinheiro.

Não é verdade. Eu só gosto muito dessa piada. Na verdade, meu irmão é cientista e sempre foi — e terráqueo também, pelo que eu saiba.

Trabalha no departamento de Ciências Atmosféricas desta universidade. Agora, por favor, não façam piquete com ele. O dr. Bernard Vonnegut não trabalha com questões bélicas. Está tentando encontrar aplicações práticas para raios e trovões em tempos de paz. Antes de vir aqui discursar, assegurei-me de que ele tinha um contrato sólido.

Bernard e eu trabalhávamos para a General Electric, em Schenectady. Ao longo da minha vida, trabalhei para várias empresas grandes. Essa é a primeira vez que trabalho intencionalmente para a Standard Oil.[1]

---

[1] Nelson Rockefeller, neto e herdeiro de John Davison Rockefeller, fundador da Standard Oil, foi um dos maiores financiadores da State University de Nova York. (N. do E.)

*

Eu sou um exemplo. Não teria sido convidado para vir aqui se não fosse um exemplo. Estou no catálogo *Who's Who*. Estou custando à universidade tanto quanto um Fusca 1968 usado — com o toca-fitas quebrado e os pneus novinhos.

Hoje apresentarei a vocês o que Diógenes teve problemas para encontrar: um homem honesto. É provável que eu seja o segundo homem honesto que veio a Albany. O primeiro foi meu irmão. Ele se mudou de Delmar cerca de quatro meses atrás. Ele pode contar a vocês a verdade sobre as ciências, ou seja, que estão matando a todos nós. Vou contar a vocês a verdade sobre as artes, ou seja, que querem deixar a todos nós malucos.

Talvez tenham contado a vocês, nesse templo de ensino superior, que as artes fazem bem a todos — ou, de qualquer forma, que não têm efeitos colaterais nocivos. Isso não é verdade. Um dos principais usos das artes neste e em muitos outros países modernos consiste em confundir as pessoas que não têm instrução, poder ou riqueza.

Estou me referindo às artes *caras*, à arte tremendamente oficial — e não às canções, aos poemas, às imagens e às histórias que os oprimidos escolhem ou criam para sua diversão. Estou falando sobre a arte apoiada por ditadores, pelos arrivistas e pelos multimilionários.

Ouvi homens poderosos de ambos os lados da Cortina de Ferro celebrando as artes. Estive em seus museus e salas de concerto. Vi pessoas comuns tentando apreciar os tesouros da arte, que dizem valer centenas de milhares de dólares, rublos ou o que quer que se tenha. Nessas ocasiões, as pessoas comuns sempre parecem peixes fora d'água. Parecem ter pneumonia dupla. Desfalecem, à mercê da apatia.

Isso é *exatamente* tudo o que eles querem que aconteça.

O objetivo de museus, salas de concerto, teatros, estátuas públicas e coisas desse tipo é persuadir as pessoas comuns de que não são dignas de alcançar o poder ou de ganhar muito dinheiro, porque têm mentes e espíritos inferiores.

A prova dessa inferioridade é o fato de que são incapazes de apreciar a grande arte.

*

Diante da arte, os ricos e poderosos ficam ainda mais entediados do que as pessoas comuns. É suficiente ir a uma ópera em qualquer país, exceto na Itália, para saber que é assim.

Mas eles precisam fingir que apreciam as artes para demonstrar sua superioridade natural, pois dificilmente conseguiriam demonstrar isso de outra forma. E eu sinto pena deles. Sou um homem compassivo, sério. Quanto pode ser divertido fingir amar *Aristóteles contemplando o busto de Homero*, de Rembrandt, dia após dia, ano após ano? Quanto pode ser divertido fingir amar a ópera alemã — ou *Guerra e paz*, que você não leu, embora você seja russo?

Quanto pode ser divertido, dia após dia, fingir admirar a Torre de Pisa ou o Albany Mall?

*

Suponho que a maioria de vocês esteja suficientemente familiarizada com a história da arte moderna para saber o que quero dizer com "Albany Mall". Por outro lado, talvez a arquitetura não seja considerada uma das belas-artes na State University de Nova York, aqui em Albany.

Isso seria totalmente compreensível. Meu irmão tem, em seu laboratório, portinholas para armas em vez de janelas. Ele abriu o bico de Bunsen e saiu Pepsi-Cola.

Seja como for: eu não tenho nada contra as belas-artes, mas duvido de que sejam mais belas que muitos dos outros jogos humanos. E nego de forma mais veemente possível, que pessoas que alegam amar as belas-artes sejam necessariamente pessoas belas. O imperador Nero era patrono das artes. O mesmo se aplica a Herman Goering. E a muitos empresários americanos sem escrúpulos que arrancaram as tripas do que havia restado do sonho americano após a Guerra Civil.

*

Talvez haja uma chance pequena de que uma obra de arte esteja mais próxima de Deus ou da Verdade do que outras obras realizadas pelo homem. Mas eu sou unitarista, então não saberia dizer. Não entendo nada de Deus ou da Verdade.

Mas, sobre o sonho americano, eu sei algumas coisas, sim, pois foi ele que trouxe meus antepassados da Alemanha para Indiana, tanto tempo atrás. E eu posso nomear obras realizadas por vários homens e mulheres que estão mais próximas do sonho americano do que qualquer livro, estátua, pintura, prédio ou canção. São os atos de justiça social.

*

Temos muita arte, e arte importante também. Acho que aproximadamente um em vinte americanos nutre um amor pelas artes que é prazeroso, natural e sincero. Sou uma dessas pessoas e por isso precisei sair de Indianápolis.

E essa pequena parte da população que aprecia as artes não pode reclamar; na verdade, com frequência, fica estarrecida com tanta coisa boa que há para se ler e escutar. Temos muita arte nos Estados Unidos.

É a justiça social que está terrivelmente em falta.

*

É possível que a arte possa desviar algumas pessoas da justiça social? Sim, é possível. Considerem o caso de Thomas Jefferson, nosso terceiro presidente, autor de nossa Declaração da Independência. Aliás, ele faleceu no dia 4 de julho. Ninguém escreveu de forma mais eloquente sobre a liberdade, a justiça e os direitos naturais de cada ser humano do que Jefferson.

Ele também apreciava a Arquitetura e todas aquelas coisas agradáveis que podem ser cultivadas em moradias bem-projetadas, em que a mão de obra é barata e acessível. Então, até o fim da vida, ele manteve, na sua casa, seres humanos como escravos. No final, ele os libertou, mas, a essa altura, já era idoso.

Vamos perdoar Thomas Jefferson. Ele tinha uma certa fraqueza pelas coisas mais belas da vida. Muitos de nós têm. Afinal, o que há de errado com um pouco de escravidão?

*

Queridos amigos, já falei para vocês que a arte com frequência desempenha um papel insidioso na dinâmica das lutas de classe.

E talvez vocês tenham dito a si mesmos: "Bem... talvez seja uma observação interessante, mas é irrelevante. Nosso rei atual nem mesmo finge estar interessado nas artes. [1] E ainda menos seus camaradas Bebe Rebosa, John Mitchell, Billy Graham e todos os outros."

Ótima objeção. Talvez vocês tenham percebido que cada vez mais pessoas, entre aquelas que chegam ao topo de nossa sociedade, não apenas são indiferentes à arte, como também às piadas e ao sexo livre, e todo o tipo de diversão humana. Eu percebi isso também. E foi isso que me levou a acreditar que fomos invadidos por criaturas que vieram de Plutão em discos voadores.

Plutão é um planeta reservado, desconfiado, arrogante e belicoso, com uma tecnologia muito mais avançada do que a nossa. Minha teoria é que os plutonianos começaram a chegar, se reproduzir e assumir postos em nosso governo assim que a Segunda Guerra Mundial estava em vias de terminar. Nossos últimos três presidentes provavelmente eram plutonianos. A maioria desses alienígenas, no entanto, está no Pentágono.

Talvez pudéssemos acolhê-los de braços abertos, se não fosse por sua falta de humor e por serem impiedosos e tagarelarem o tempo todo sobre a honra nacional — e por amarem tanto assim a guerra.

Além disso, eles não respeitam a Constituição dos Estados Unidos da América, a obra de arte mais exuberante na história deste planeta. Então, vamos nos perguntar hoje, nesse ritual de passagem à idade adulta que tanto foi esperado: "O que os terráqueos podem fazer?"

---

[1] Richard Nixon, o então presidente dos Estados Unidos. (N. do E.)

Não podem vencer os plutonianos militarmente. Eles têm todo o tipo de armas. Um plutoniano, quase por definição, é uma pessoa com uma arma. Foi um plutoniano que atirou no Governador Wallace.

Poderíamos tentar derrubá-los politicamente. Mas os plutonianos se envolvem em política do poder e nada além de política do poder desde o primeiro ano de escola. Que terráqueo poderia fazer o mesmo? Vamos encarar a realidade: o senso de humor e o fascínio por sexo tornam impossível para um terráqueo concentrar-se em qualquer coisa, mesmo em sua sobrevivência, por mais de uma hora seguida.

Nossa melhor esperança, ao que parece, está em nos reunirmos para sentir orgulho de ser terráqueos. Os plutonianos, como todos os invasores, querem que os nativos se envergonhem de seus próprios ideais e sonhos. Talvez possamos escolher como nosso lema: "Os terráqueos são lindos."

Ou poderíamos começar de uma forma mais modesta: "Os americanos são lindos." Depois poderíamos expandir para o planeta. Claro que os americanos não são bonitos agora, porque também há plutonianos entre nós. Mas há uma chance de que possamos mudar essa situação agora.

*

Proponho uma grande aventura a vocês. É o que se espera de todo bom orador de graduação. Quando eu me formei no ensino médio, o orador nos falou sobre as grandes aventuras que nos esperavam no campo das ciências — em particular, o plástico e a luz polarizada. Em vez disso, acabei na infantaria como soldado. Como quase todos nós.

Proponho uma aventura melhor do que a luz polarizada, ou a infantaria, o plástico ou as artes ou a exploração do espaço ou a luta contra o câncer ou o pé de atleta. Acho que vocês deveriam dedicar sua vida a criar algo que este planeta nunca teve. O planeta morrerá se não tiver isso agora.

Vocês devem criar um povo americano. Nunca houve um. Vocês precisam criar um, já. Precisamos criar um agora. É uma questão de vida ou morte.

*

Quando falei de plutonianos e terráqueos, obviamente estava me referindo às duas metades de cada americano que já conheci: a que cuida e a que mata. Se não menciono o lado bom e o lado malvado dos estrangeiros, é porque não conheço absolutamente nada sobre os estrangeiros. Eu mal me afastei de casa. Chamem um cara mais viajado da próxima vez.

Mas uma coisa que notei ao me manter perto de casa é que aqueles que nos governam, quase duzentos anos após a assinatura da Declaração de Independência, não querem que nasça um povo americano. Para eles, nosso ódio recíproco, nossa relutância em nos tocar e tocar no outro, tudo isso se tornou votos na urna e dinheiro no banco.

Vou contar a vocês uma história embaraçosa sobre mim, sobre minha relutância cem por cento americana de tocar outro ser humano, até mesmo um parente próximo. Uma vez adotei um garoto de catorze anos. Ele era meu sobrinho. Quando completou vinte e um, eu lhe dei parabéns porque se tornara homem, e ele me disse: "Sabe que você nunca me abraçou?."

Que coisa terrível para se dizer.

*

Eu não queria que ele pensasse que eu era homossexual.

*

No âmago da minha educação americana, havia o terror de que qualquer gesto pudesse ser interpretado pelo treinador de futebol como algo remotamente homossexual. Por segurança, a melhor coisa a se fazer é nunca tocar ninguém, nem mesmo sua mãe. Aliás, talvez especialmente sua mãe.

Também me ensinaram que um homem americano praticamente nunca chora, exceto quando está diante da bandeira hasteada. Eu não consegui chorar nem mesmo quando aquele garoto me disse que eu nunca o havia abraçado. Também me ensinaram a temer as palavras. Algumas palavras, foi o que me explicaram, nunca podem ser ditas em uma assembleia como esta sem fazer com que todo mundo se sinta embaraçado e constrangido. Palavras que têm a ver com sexo e excremento. Ensinaram-me o medo americano dos germes, que é algo mais histérico que o pior pesadelo de Louis Pasteur. Mas o medo dos germes também se estendia a estranhos. Essencialmente, meus pais e minha professora de higiene me diziam: "Cuidado com estranhos ou com qualquer coisa tocada por estranhos. Ou você pode pegar sífilis, lepra ou peste bubônica."

Olho para trás, para todos os tabus que me ensinaram, que ensinaram a todo mundo, e agora vejo que faziam parte de uma grande trapaça. O objetivo era fazer com que os americanos tivessem medo de se aproximar uns dos outros, de se organizar.

Era tabu até mesmo falar do sistema econômico americano e de seus métodos bizarros de distribuição da riqueza. Aprendi isso ainda no colo da minha mãe. Que Deus cuide de sua alma! Que Deus cuide de seu colo! Ela me ensinou a nunca fazer comentários mal-educados sobre nosso vizinho milionário. Ela nem queria que eu me perguntasse como diabos ele tinha conseguido juntar toda aquela riqueza.

*

Precisamos aprender a nos tratar reciprocamente com mais franqueza e abertura, até mesmo com mais ironia. Porém, mais importante que isso, precisamos aprender a nos tocar. Se queremos virar um povo forte e digno, precisamos nos tornar primos agora — primos excêntricos, talvez, mas, de qualquer forma, primos. A família antes de tudo. Vamos aprender com a máfia. A propósito, é chegada a hora de as pessoas brancas deste país reconhecerem que as pessoas conhecidas como negras são, na verdade, seus parentes de sangue. É fácil provar isso.

Mas não é hora de tagarelar sobre árvores genealógicas. É hora de ficarmos entusiasmados com o fato de sermos membros da mesma família.

Alguém aí tem coragem suficiente para tocar um estranho que esteja por perto agora? Até mesmo uma pessoa velha? Temos ambulâncias esperando lá fora. Estações de primeiro socorros foram montadas em tendas brancas, caso vocês precisem de oxigênio ou queiram lavar as mãos com desinfetante Lysol.

Se um povo americano deve nascer durante a tragédia da guerra no Vietnã, essa terá de ser uma aventura pessoal, visceral.

Eu não tenho a intenção de me desculpar por fazer essa sugestão.

*

Precisamos nos tornar uma família para cuidarmos uns dos outros do jeito que as famílias fazem. Agora, quase duzentos anos após a assinatura da Declaração de Independência, escrita por um homem que era dono de escravos, acho que compreendemos que nossos políticos e milionários pouco podem fazer por nós, exceto tirar nosso dinheiro. Existem motivos fundados para afirmarmos isso, tenho certeza. Algum dia ainda vou estudar Economia.

Enquanto isso, precisamos amar uns aos outros e cuidar uns dos outros o melhor que pudermos, e precisamos nos organizar. Aliás, vocês são nossa nova geração de adultos, que precisam se organizar.

E, se nosso governo insistir em perseverar em seus erros, vocês precisam ameaçá-lo com a única arma eficaz que os terráqueos têm contra os plutonianos, que é a greve geral.

*

Hoje, eu tentei pregar o pacifismo. Se eu fosse o pastor da Casa Branca, tentaria transformar Richard M. Nixon em um Quaker. Eu sou maluco assim.

Nossa história nos ensina que não precisamos ter medo do pacifismo. Ele não deixará nossa nação indefesa. Fui criado para ser um pacifista, como muitas das pessoas da minha idade. Nas escolas públicas de Indianápolis e nas escolas públicas do país inteiro, pessoas da minha idade eram instruídas, desde jovens, a caçoar das nações europeias por manterem enormes exércitos permanentes, por gastarem sua riqueza em armas e por permitirem que generais e almirantes contribuíssem para decidir o futuro do país, ou seja, para onde concentrar a energia, o dinheiro e as pessoas.

Aprendi a desprezar os militares no mesmo lugar onde aprendi a temer os estranhos cheios de germes, e os sintomas de homossexualidade e assim por diante — na escola pública. "Sempre há uma luz no fim do túnel", como dizem.

Bem, todos aqueles pacifistas medrosos produzidos pelo sistema escolar público dos Estados Unidos nos anos de 1930 transformaram-se em um exército de eficiência impressionante no início dos anos 1940, quando entramos em uma guerra que parecia justa.

*

Quanto à necessidade de desenvolver um míssil antimíssil antimíssil antimíssil, a fim de preparar este país para se defender dos mísseis antimísseis antimísseis, talvez eu esteja entre a minoria, mas acho que o povo americano deveria gastar dinheiro em hospitais, habitações, escolas e rodas-gigantes.

Obrigado e boa sorte.

9

COMO SER GAROTOS E GAROTAS SÁBIOS
Southampton College, 7 de junho de 1981

Sejam conscientes, reparem nas pequenas coisas, questionem o status quo e salvem inúmeras vidas, como o herói de Vonnegut, Ignaz Semmelweis, fez em Viena. "Sejam honoráveis!"

Este discurso está em conformidade com os métodos recomendados pelo Manual do Exército dos Estados Unidos sobre como ensinar. Em primeiro lugar, diga às pessoas o que você está prestes a dizer. Depois, lhes diga, e depois, lhes diga o que você lhes disse.

Assim, primeiro discutiremos o que é um comportamento honorável, especialmente em tempos de paz, e depois comentaremos sobre a revolução do saber, o fato espantoso de que os seres humanos possuem os instrumentos para entender o que estão falando caso queiram tentar fazê-lo. Depois disso, vou recomendar àqueles que estejam se formando nesta primavera, em vários lugares do mundo, que escolham como herói Ignaz Semmelweis.

Um herói com um nome desses poderia suscitar hilaridade, mas vocês sentirão mais respeito por ele, prometo, quando eu lhes contar como e por que ele morreu.

Depois de descrever Ignaz Semmelweis brevemente, perguntarei a vocês se não acham que ele poderia representar o próximo estágio da evolução humana. Chegarei à conclusão de que seria melhor se assim fosse. Se ele não representar o que seremos depois, então para todos nós, a vida acabou e para as baratas e os dentes-de-leão também.

Vou lhes dar uma pista. Ele salvou a vida de muitas mulheres e crianças. Se continuarmos no rumo em que estamos, coisas assim acontecerão cada vez menos. OK.

E agora chegamos à parte principal do discurso, que é a amplificação da primeira parte. Vocês verão como tudo se tornará memorável. Não causa surpresa que tenhamos o melhor exército do mundo. Honra. Eu sempre quis ser uma pessoa honorável. Todos vocês querem ser pessoas honoráveis também, tenho certeza.

No passado, boa parte das conversas sobre honra tinha a ver com o comportamento no campo de batalha. Um homem honorável mantém erguida a bandeira de seu país mesmo que esteja cheio de flechas cravadas, como são Sebastião. Um pequeno tocador de tambor honorável bate e bate no tambor, ra-ta-ta, ra-ta-ta, até ter sua cabecinha estourada por uma bala.

O general Haig realmente deveria estar aqui para falar sobre esse tipo de honra. Eu era apenas um cabo. As armas modernas, claro, tornaram esse tipo de honra ainda mais assustador do que costumava ser.

Uma pessoa que controla mísseis e ogivas nucleares pode se comportar de uma forma tão honorável que todos nós acabaríamos mortos. O planeta inteiro poderia ficar como a cabeça do corajoso garotinho tocador de tambor, rolando para dentro de uma trincheira em algum lugar.

Então, vou me limitar a falar do comportamento honorável em tempos de paz. Em tempos de paz, é honorável dizer a verdade àqueles que merecem ouvi-la.

Para garantir que estão dizendo a verdade, vocês devem declarar: "Dou minha palavra de honra que isso ou aquilo é verdade." Eu nunca menti conscientemente, depois de dizer "Dou minha palavra de honra". Então, agora eu lhes dou minha palavra de honra que, ao se formarem, vocês fizeram uma coisa corajosa, honorável e muito linda.

Dou minha palavra de honra que amamos vocês e precisamos de vocês. Amamos vocês simplesmente porque vocês pertencem à nossa espécie. Vocês nasceram. Isso é suficiente.

Precisamos de vocês porque esperamos sobreviver como espécie, e vocês possuem ou podem tomar posse de informações confiáveis que, compreendidas de forma correta e postas em uso de maneira adequada, podem nos salvar como espécie.

Dou minha palavra de honra como a versão adulta do juramento cruzando os dedos e beijando-os. Caso vocês estejam se perguntando o que aconteceu com Ignaz Semmelweis, estamos chegando cada vez mais perto da resposta. Tenham paciência. Muitos de vocês, se não talvez todos, sentem-se inadequadamente educados. É uma sensação comum a um membro de nossa espécie. Um dos seres humanos mais brilhantes de todos os tempos, George Bernard Shaw, no dia de seu aniversário de setenta e cinco anos, disse que sabia o bastante para finalmente se tornar um office boy medíocre. A título de informação, ele morreu em 1950, quando eu tinha vinte e oito, cerca de dez anos antes de a maioria de vocês nascer.

Agora, ele estaria com inveja vocês. Com certeza, ele invejaria sua juventude. Talvez vocês todos saibam o que ele disse sobre a juventude, que era uma verdadeira pena desperdiçá-la com os jovens.

Mas ficaria ainda mais invejoso diante das informações confiáveis que vocês têm ou podem obter sobre a natureza do universo, sobre o tempo e o espaço e a matéria, sobre seus corpos e cérebros, sobre os recursos e as vulnerabilidades de nosso planeta, sobre como falam, como sentem e como realmente vivem.

Essa é a revolução do saber sobre a qual prometi lhes falar. Até agora, levamos isso muito a sério. O saber parece estar entrando no caminho o tempo todo. Mais ou menos no último milhão de anos, os seres humanos foram obrigados a adivinhar sobre quase tudo. Nossos palpiteiros mais fascinantes e às vezes apavorantes são os personagens principais em nossos livros de história. Devo nomear dois deles? Aristóteles e Hitler. Um palpiteiro bom e outro péssimo.

Se vocês não ouviram falar deles até agora, essa cerimônia de formatura aqui é uma fraude. E as massas da humanidade, sem dispor de informações confiáveis, quase não tiveram escolha a não ser acreditar nesse ou naquele palpiteiro. Os russos que não apreciavam muito os palpites de Ivan, o Terrível, por exemplo, tinham uma boa probabilidade de ter seus chapéus pregados na cabeça.

Mas é preciso reconhecer que alguns palpiteiros persuasivos, até mesmo Ivan, o Terrível, que agora é considerado um herói na União Soviética, nos deram coragem para suportar provações extraordinárias que não tínhamos como compreender. Colheitas destruídas, guerras, pragas, erupções vulcânicas, bebês natimortos — esses homens nos davam a ilusão de que a má sorte e a boa sorte eram compreensíveis e podiam, de alguma forma, ser enfrentadas com inteligência e eficácia.

Sem essa ilusão, todos nós teríamos desistido, muito tempo antes. Os palpiteiros, na verdade, não sabiam mais do que as pessoas comuns, e às vezes sabiam até menos. O importante foi que alguém nos deu a ilusão de que temos o controle sobre nosso destino.

A arte de dar palpites de forma persuasiva é uma característica fundamental dos líderes por tanto tempo e integra tal ponto toda a experiência humana que não surpreende nem um pouco que a maioria dos líderes deste planeta, apesar de todas as informações das quais de repente dispomos, queira que a arte dos palpites continue.

Agora é a vez de eles palpitarem e serem ouvidos. Alguns dos palpites mais sonoros, mais orgulhosamente ignorantes do mundo, ainda estão presentes em Washington hoje. Nossos líderes estão cansados de todas as informações confiáveis que foram jogadas sobre a humanidade pela pesquisa científica, pela erudição e por reportagens investigativas.

Eles acham que o país inteiro está cansado delas, e talvez estejam certos. Não querem nos devolver ao padrão-ouro; eles querem algo ainda mais básico que isso. Querem nos colocar de volta no padrão das beberagens do charlatanismo.

Dar pistolas carregadas às pessoas é bom a menos que elas estejam na prisão ou em hospícios. Está certo.

Os milhões gastos na saúde pública causam inflação. Está certo. Os bilhões gastos em armas vão reduzir a inflação. Está certo. Os ditadores de direita estão muito mais próximos dos ideais americanos que as ditaduras de esquerda. Está certo. Quanto mais ogivas de bombas de hidrogênio tivermos já preparadas para que sejam detonadas sem demora, mais a humanidade estará segura, melhor será o mundo que nossos netos herdarão. Está certo.

Os dejetos industriais, especialmente aqueles que são radioativos, quase não fazem mal a ninguém, então é melhor nem falar sobre eles. Está certo.

As indústrias deveriam poder fazer tudo o que quisessem. Oferecer propina, acabar com o meio ambiente só um pouco, fixar preços, ferrar com os clientes idiotas, acabar com a concorrência e com o Tesouro, caso elas comecem a quebrar. Está certo. É pela empresa. Está certo.

Os pobres devem ter feito algo de muito errado ou não seriam pobres, então seus filhos devem arcar com as consequências. Está certo. Não se pode esperar que os Estados Unidos da América cuidem de seu povo. Está certo. O livre-mercado fará isso. Está certo. O livre-mercado é um sistema automático de justiça. Está certo.

E, se vocês se lembrarem apenas de um décimo do que aprenderam aqui, não serão bem-vindos em Washington. Conheço uns dois alunos brilhantes do sétimo ano que não seriam bem-vindos em Washington. Lembram-se daqueles médicos, poucos meses atrás, que se juntaram e anunciaram que era um fato clínico claro e simples que não poderíamos sobreviver nem mesmo a um ataque moderado com bombas de hidrogênio? Eles não seriam bem-recebidos em Washington. Mesmo que lançássemos o primeiro ataque de bombas de hidrogênio e o inimigo nunca respondesse a esse ataque, o veneno liberado provavelmente mataria o planeta inteiro em seguida.

Qual é a resposta em Washington? O palpite deles é outro. Para que serve a instrução? Os palpiteiros barulhentos ainda estão no comando — os inimigos da informação. E quase todos os palpiteiros são pessoas muito instruídas, acreditem. Eles tiveram de jogar fora sua educação — e estamos falando de uma educação recebida em Harvard ou Yale.

Se não tivessem feito isso, não haveria maneira de seus palpites desinibidos continuarem indefinidamente. Por favor, não façam isso. E eu lhes dou algo em que se agarrar: pois, se fizerem uso do vasto depósito de saber que agora está disponível às pessoas instruídas, vocês se encontrarão terrivelmente sozinhos. Os palpiteiros são em maior número que vocês e, atualmente, meu palpite é de cerca de dez para um.

O que eu lhes dou para se agarrar é uma coisinha boba, na verdade. Não muito melhor que nada, e talvez seja um pouco pior que nada. Eu já lhes dei: a ideia de um herói realmente moderno. Simplesmente essa é a vida de Ignaz Semmelweis. Meu herói é Ignaz Semmelweis. Talvez vocês estejam se perguntando se vou fazer vocês dizerem isso em voz alta. Não, não vou, essa vai ser a última vez que vocês vão ouvir essa frase.

Ele nasceu em Budapeste, em 1818. Sua vida, em parte, se sobrepôs à do meu avô e, com isso, à dos bisavôs de vocês, e talvez pareça muito tempo atrás para vocês, mas, na verdade, ontem mesmo ele estava vivo.

Ele se formou em obstetrícia, o que seria suficiente para torná-lo um herói moderno. Dedicou a vida à saúde de bebês e mães. Poderíamos ter mais heróis como ele. Há muito pouco cuidado com mães, bebês, idosos ou com qualquer um física ou economicamente fraco nestes dias em que nos tornamos cada vez mais industrializados e militarizados, com os palpiteiros no comando.

Eu disse a vocês quanto todas essas informações são novas. São tão novas que a ideia de que muitas doenças são causadas por germes tem apenas cento e vinte anos.

Minha casa aqui em Sagaponack é duas vezes mais velha. Não entendo como viveram tempo suficiente para terminar de construí-la. Ou seja, a teoria do germe é realmente bastante recente. Quando meu pai era um garotinho, Louis Pasteur ainda estava vivo e ainda era alvo de muita controvérsia. Ainda havia muitos palpiteiros altamente poderosos que ficaram furiosos com as pessoas que prestavam atenção em Pasteur, e não neles. E Ignaz Semmelweis também acreditava que os germes podiam causar doenças. Ficou horrorizado quando foi trabalhar em uma maternidade em Viena, Áustria, e descobriu que lá uma a cada dez mães estava morrendo de febre puerperal.

Tratava-se de mulheres pobres — as mães ricas pariam seus filhos em casa. Semmelweis observou as práticas do hospital e começou a suspeitar de que talvez fossem os médicos que transmitiam infecções às pacientes. Notou que os médicos com frequência passavam do necrotério, onde praticavam as autópsias, para a ala da maternidade, onde visitavam as mulheres grávidas. Sugeriu, como experimento, que os médicos lavassem as mãos antes de tocar as mães.

Um insulto incrível! Como ele ousava sugerir uma coisa assim a pessoas de classe superior à dele? Semmelweis se deu conta de que não era ninguém. Era estrangeiro e não contava com amigos ou protetores entre a nobreza austríaca. Mas as mulheres continuavam a morrer, e Semmelweis, que tinha menos noção sobre como lidar com os outros neste mundo do que vocês e eu teríamos, continuou pedindo para que seus colegas lavassem as mãos.

Por fim, para zombar dele, para rir à sua custa, para humilhá-lo, concordaram. Imagino todos eles ensaboando, esfregando e limpando até embaixo das unhas. E, então, as mães pararam de morrer — imaginem só! As mães pararam de morrer. Semmelweis salvou todas aquelas vidas.

Portanto, é possível afirmar que ele salvou milhões de vidas — inclusive e muito provavelmente a sua e a minha. Como Semmelweis foi recompensado pelos líderes de sua profissão na sociedade vienense, inclusive pelos palpiteiros? Foi expulso do hospital e da própria Áustria, onde ele cuidara tão bem do povo. Terminou sua carreira em um hospital provinciano na Hungria. Lá, ele perdeu qualquer esperança na humanidade, que somos nós, e o nosso conhecimento, que agora é de vocês, e em si mesmo.

Um dia, no necrotério, ele pegou a lâmina de um bisturi com que estava cortando um cadáver e cravou de propósito na palma da mão. Morreu, como sabia que morreria, de septicemia, pouco depois.

Os palpiteiros tinham todo o poder. Tinham vencido de novo. Eram eles os verdadeiros germes. Os palpiteiros revelaram mais uma coisa sobre si mesmos que hoje deveríamos anotar com cuidado. Eles não estão realmente interessados em salvar vidas. O que importa para eles é serem ouvidos — não importa quão ignorantes sejam suas ideias. Se tem uma coisa que eles odeiam, são as pessoas sábias.

Sejam sábios, mesmo assim. Salvem nossas vidas e as suas próprias também. Sejam honoráveis. Obrigado por sua atenção.

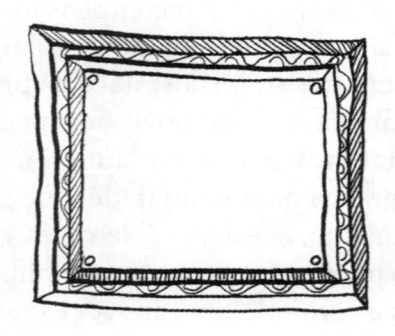

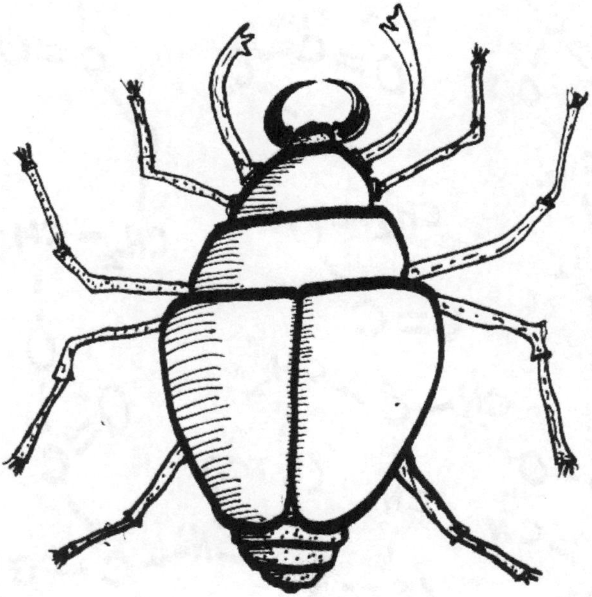

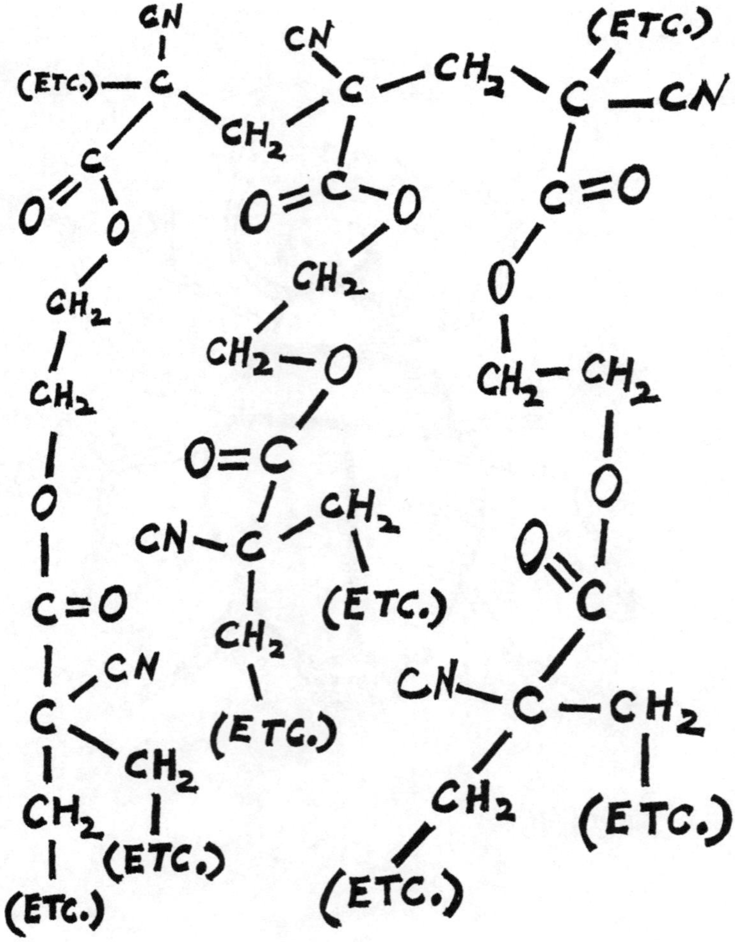
CN
CN
(ETC.)
(ETC.)
C
CH2
C
CH2
C
CN
C
O
O
C
O
O
C
O
O
CH2
CH2
O
CH2
CH2
CH2
CH2
O
O=C
O
O
C=O
CN
C
CH2
(ETC.)
CH2
C
CN
C
CH2
(ETC.)
CN
C
CH2
CH2
(ETC.)
CH2
(ETC.)
(ETC.)
(ETC.)
(ETC.)

10

POR QUE VOCÊS NÃO PODEM ME IMPEDIR DE FALAR MAL DE THOMAS JEFFERSON

*União pelas Liberdades Civis de Indiana
(agora União Americana pelas Liberdades Civis de Indiana),
Indianápolis, Indiana, 16 de setembro de 2000*

Vonnegut explica por que o Bill of Rights [1] *é "mais do que um punhado de emendas", mas protege nossas liberdades mais importantes — como a liberdade de expressão e muitas outras. Ele é favorável à Segunda Emenda* [2] *e explica como "dispositivos letais e munições para armas" podem nos servir melhor.*

Há uma coisa que vocês têm o direito de saber sobre mim — uma coisa que não tenho orgulho em confessar. É o seguinte: eu nasci em uma sociedade em que a segregação racial era tão forte quanto em Biloxi, Mississippi, exceto pelos bebedouros e os ônibus. E sou produto de

---

[1] Esse nome designa as primeiras dez emendas à Constituição dos Estados Unidos. (N. do E.)

[2] Emenda da Constituição dos Estados Unidos que permite às pessoas o porte de armas de fogo. (N. do T.)

uma escola pública de ensino médio branca como a neve de Indianápolis. A escola tinha um corpo docente digno de uma universidade. Nossos professores de lá, também brancos como a neve, não eram apenas professores. Eles *eram* suas matérias. Nossos professores de Química eram, primeiro e acima de tudo, químicos. Nossos professores de Física eram, primeiro e acima de tudo, físicos. Nossa professora de História antiga, que era Minnie Lloyd, deveria estar cheia de medalhas por tudo que fez na Batalha das Termópilas. Os professores de Inglês eram escritores sérios. Uma das minhas, a falecida Marguerite Young, acabou escrevendo a biografia de Eugene Victor Debs, também de Indiana, líder trabalhista de classe média e candidato socialista à presidência dos Estados Unidos, que morreu em 1926, quando eu tinha quatro anos. Milhões votaram em Debs quando ele concorreu à presidência.

Nunca conheci Debs pessoalmente, mas eu já tinha idade suficiente depois da Segunda Guerra Mundial para almoçar nesta cidade com outro líder trabalhista da classe média de Indiana: Powers Hapgood. Embora formado em Harvard e tivesse vindo de uma família próspera de empresários, Powers Hapgood trabalhou em minas de carvão para se aproximar, espiritual e fisicamente, daqueles que desejava ajudar, a fim de, efetivamente, ajudá-los. Então, tornou-se secretário do C.I.O.,[1] aqui em Indianápolis.

Pouco depois do nosso almoço, houve uma confusão durante uma manifestação grevista, e ele acabou no

---

[1] Congress of Industrial Organizations [Congresso das Organizações Industriais], uma importante confederação sindical americana. (N. do E.)

tribunal como testemunha. O juiz Claycomb, na verdade pai da minha colega de classe em Shortridge Moon Claycomb, conhecia a história de Hapgood e interrompeu os procedimentos para perguntar por que uma pessoa tão privilegiada levava aquele tipo de vida. E Powers Hapgood respondeu: "Ora, o Sermão da Montanha, senhor."

E, quando me perguntam por que alguém deveria apoiar a União pelas Liberdades Civis em nível local e nacional, eu sempre respondo que é necessário ter uma organização privada poderosa para obrigar as pessoas que nos governam a não violar as leis cristalinas do Bill of Rights do mesmo jeito que não gostaríamos que eles dirigissem bêbados ou estacionassem onde é proibido. Mas, considerando os propósitos humanos de humanidade, justiça e misericórdia do Bill of Rights, em um nível subliminar, é como se eu estivesse respondendo: "O Sermão da Montanha, caro senhor ou cara senhora."

Se vocês não sabem o que é o Sermão da Montanha, perguntem ao computador de seu filho. Se não sabem o que são as leis contidas no Bill of Rights, procurem saber, procurem saber. E, sim, eu sei o que a Segunda Emenda diz e apoio. Ela não diz que quem discordar do presidente pode atirar nele, que foi o que John Wilkes Booth e Lee Harvey Oswald fizeram. Diz, na prática, que os civis interessados em brincar com dispositivos letais e munições para armas podem ser úteis a todos nós na Guarda Nacional, contanto que não atirem em estudantes desarmados.[1]

---

[1] Em 4 de maio de 1970, quatro estudantes desarmados da Kent State University foram mortos a tiros por membros da Guarda Nacional de Ohio enquanto protestavam contra os bombardeios no Camboja.

Vamos voltar à minha escola branca como a neve, que também publicava um jornal. A escola tinha um corpo docente impressionante porque era a época da Grande Depressão, então ensinar era um emprego ótimo para alguns dos homens mais inteligentes da cidade. Mas, mesmo antes do *crash* da bolsa de 1929, quando eu tinha sete anos, a escola contava com ótimos professores, porque ensinar em uma escola de ensino médio era praticamente a única maneira como as mulheres brilhantes e cultas podiam efetivamente usar sua amabilidade, seu entusiasmo intelectual e seu talento. Boa parte dos meus melhores professores era composta por mulheres e, minha nossa, sempre foram brilhantes.

Por que as mulheres eram excluídas de tantas profissões que agora exercem com resultados excelentes? Por causa do que no passado se acreditava ser uma lei da natureza, uma Lei Natural. Caso contrário, por que a natureza faria as mulheres tão fracas no combate? A maioria delas, com pouquíssimas exceções, todas feias, não conseguiriam ganhar uma briga contra um saco de papel.

Por que não havia negros na minha escola?

Os afro-americanos tinham uma escola própria, claro. Era a Crispus Attucks. E, por causa do nome peculiar de nossa escola de ensino médio negra, as pessoas de todas as raças em Indianápolis tinham a estranha característica de saber quem fora Crispus Attucks. Foi um afro-americano livre, não um escravo, alvejado por uma bala britânica durante o Massacre de Boston, em 1770, apenas seis anos antes de nossa nação tornar-se um farol de liberdade para todo o mundo. Em um dos meus livros,

apelidei a Crispus Attucks High School de "Escola do Espectador Inocente".
 Repito: por que não havia negros na Shortridge High School? Porque no passado se acreditava ser uma lei da natureza, uma Lei Natural. A natureza obviamente havia distinguido as pessoas por cores por um motivo preciso. Senão, para que diabos serviriam todas essas cores diferentes?
 E por que Thomas Jefferson, possivelmente o mais amado de nossos pais fundadores depois de George Washington, pôde escrever "todos os homens são criados igualmente", referindo-se apenas aos homens brancos, com certeza não às mulheres, Deus bem sabe, e sendo dono de escravos? Porque no passado se acreditava ser uma lei da natureza. Aliás, os escravos de Jefferson eram hipotecados. Que vergonha que não seja mais possível levar a empregada junto com o saxofone para a loja de penhores quando a grana fica curta! Que bons tempos aqueles!
 Mas, de algumas maneiras, quando eu era criança, ainda eram os bons tempos de antigamente para os homens brancos. Eu ainda podia me sentir superior, também segundo as autoridades públicas, à metade da minha raça e a cem por cento de todas as outras. Que alívio! E não apenas isso; eu também consegui me safar de um monte de coisas porque vinha de uma boa família. Mas essa é outra história.
 Lembro que, em nossos jogos de futebol americano, todos brancos — "jogos jeffersonianos", é possível dizer —, o capitão designado que preparava o chute inicial gritava: "Vocês estão prontos, Crispus Attucks?". E o capitão do

outro time inevitavelmente respondia: "Estamos prontos, Ladywood."[1] Na verdade, pensando bem, essa coisa com "Ladywood" tinha um quê de anticatólico. Fico pensando que não éramos apenas homens e brancos, mas também protestantes. Então, "Ladywood" era um insulto que valia o dobro.

Se eu ofendi algum de vocês falando mal de Thomas Jefferson, que peninha! O fato é que posso dizer qualquer coisa que eu quiser, menos gritar "Fogo!", se não houver incêndio, porque sou um cidadão dos Estados Unidos. Seu governo não existe e não deveria existir para impedir que vocês ou qualquer outra pessoa, não importa a cor, não importa a raça, não importa a religião, sejam feridos em sua maldita sensibilidade.

Se vocês encontrarem um policial poderoso e estúpido o bastante para realmente me fazer calar quando falo de Thomas Jefferson, ele e vocês serão arrastados para o tribunal, e a União pelas Liberdades Civis vai destruir vocês.

O que nos leva a são Tomás de Aquino, um grande teólogo e filósofo italiano que, oitocentos anos atrás, identificou uma hierarquia de leis a que os seres humanos deveriam obedecer. Em primeiro lugar, obviamente, estavam as Leis de Deus, do Antigo e do Novo Testamentos. Logo depois, vinham as Leis Naturais, os caminhos que, segundo as expectativas, a natureza tomaria, obviamente, tanto para são Tomás como para Jefferson. Por último, vinham as leis do homem. Se vocês pensarem nas leis arrumadas como um maço de cartas, as Leis de Deus seriam os ases, a lei da natureza, os reis, e os advogados da

---

[1] A Ladywood era uma escola católica para moças em Indianápolis.

União Americana para os direitos civis, tentando garantir os direitos civis das cartas dois e três e até mesmo os impopulares dez e curingas em nossa sociedade, não teriam nada além de rainhas fracas para jogar. Eu, na verdade, certa vez ouvi um homem rejeitar o Bill of Rights como "nada além de um punhado de emendas". Uma ninharia, em comparação a Deus e à natureza.

E, de fato, as leis inequívocas no Bill of Rights talvez sejam também uma ninharia, ou mesmo uma porcaria, de tão cruelmente irregular que foi a sua aplicação até o início da vida das pessoas da minha idade — pessoas nascidas em 1922. Apenas dois anos antes de nascermos, as cidadãs tiveram permissão para votar e concorrer a cargos públicos. Meu Deus! E, por muitos anos depois disso, até muito depois do fim da Segunda Guerra Mundial, pelo amor de Deus, os cidadãos afro-americanos de ambos os sexos eram, em muitas partes deste país — este farol da liberdade —, desencorajados de votar graças a uma combinação de tecnicidades e puro terror. Não se esqueçam: ninguém jamais foi punido por linchar um deles. "Natureza vermelha em dente e garra."[1]

Quem eram e quem são os idealistas com os corações sangrando que lutaram e lutam para fazer com que nossos governos, locais, estaduais e federal, se comportem de forma justa, misericordiosa e respeitosa perante todos os cidadãos, não importa quanto possam ser social e politicamente indefesos e impopulares? Para essas pessoas, eu

---

[1] É uma citação do poema "In Memoriam A.H.H.", de Lord Alfred Tennyson, e se refere a animais predadores arreganhando os dentes e mostrando as garras com o sangue da presa que mataram.

tenho um nome velho e desprezado no passado que talvez surpreenda vocês. Eles são "abolicionistas". Nós somos abolicionistas. Abolição de quê? Da escravidão humana. A paixão que temos pelos direitos humanos recebe sua força de um senso de culpa herdado pelo crime indescritivelmente horrendo no qual tanto riqueza antiga como a atual deste país, unido em nome de Deus, se baseiam: o trabalho de pessoas raptadas, o trabalho dos escravos. E, hoje à noite, também expiamos o melhor que podemos pelo fratricídio, por assim dizer, em nossa Guerra Civil. "Meus olhos viram a glória da vinda do Senhor. Vem pisoteando os vinhedos, onde se acumulam as vinhas da ira." [1]

O que *O Hino de Batalha da República*, *A Cabana do Pai Tomás* e o discurso de Lincoln em Gettysburg e tudo isso têm a ver com nosso atual entusiasmo pelos direitos das mulheres? Não muito, na verdade. Ocorre que, desta vez, as mulheres tiveram sorte.

---

[1] São versos do famoso hino patriótico americano "The battle hymn of the Republic". (N. do E.)

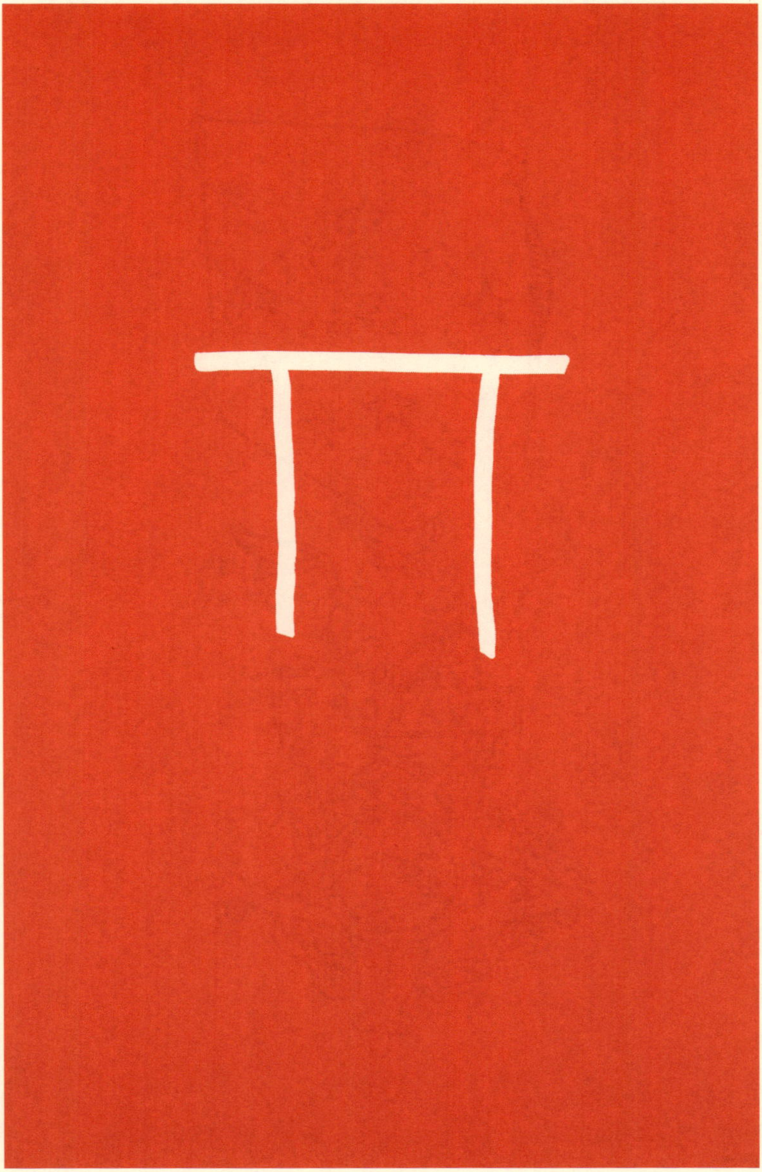

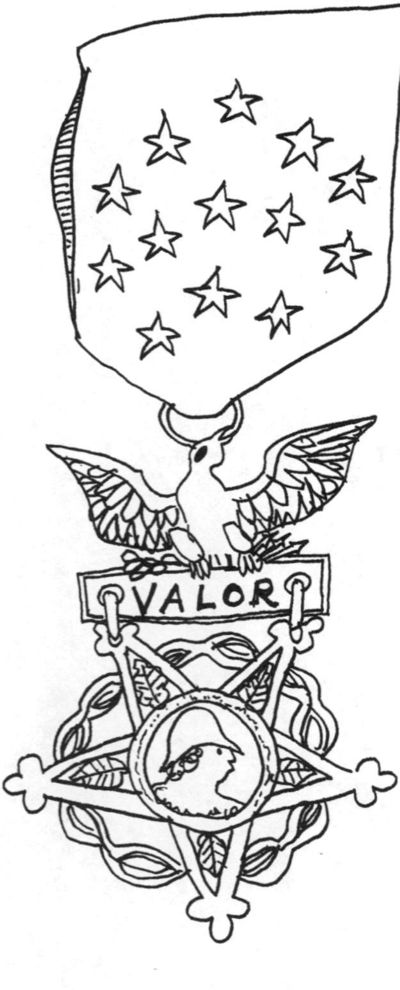
VALOR

11

NÃO SE DESESPERE SE NUNCA FOR PARA A UNIVERSIDADE!

Por ocasião do recebimento do Prêmio Carl Sandburg, Chicago, Illinois, 12 de outubro de 2001

O autor de Indiana homenageia alguns outros autodidatas do Midwest que causaram problemas em ambos os lados dos Estados Unidos. A certa altura, em sua juventude, Vonnegut pensou em se tornar sindicalista, e durante a vida sempre admirou e honrou aqueles que lutavam pelos direitos dos assalariados em todos os lugares. Como membro da PEN International, ele lutou pelos direitos dos escritores em todo o mundo.

Nós somos americanos da região dos Grandes Lagos: um povo de água doce, não do mar, mas continental. Sempre que nado no mar, sinto-me como se estivesse nadando em uma canja de galinha.

Agradeço aos senhores por esta honra, embora seja um lembrete de que não chego nem perto do artista apaixonado e produtivo que Carl Sandburg foi. E com certeza somos gratos pelo nevoeiro que chegava com seus passos de gato.[1] Mas esta noite parece também ser uma ocasião apropriada para homenagear o que ele e outros socialistas norte-americanos fizeram na primeira metade do século passado, com a arte, com a eloquência, com sua capacidade de organização para elevar o respeito, a dignidade e a consciência política dos trabalhadores americanos, de nossa classe trabalhadora.

A ideia de que os trabalhadores, sem uma posição social específica, sem educação superior ou recursos, têm um intelecto inferior é desmentida pelo fato de que dois dos mais brilhantes escritores e oradores da história americana que se expressavam sobre temas profundos eram trabalhadores autodidatas. Eu falo, obviamente, de Carl Sandburg, de Illinois, e de Abraham Lincoln, de Kentucky, à época Indiana e, por fim, Illinois. Posso dizer que ambos eram interioranos, pessoas de água doce como nós.

Um viva para o nosso time!

Conheço graduados da Universidade de Yale, que como escritores ou oradores, não valem um centavo.

Socialismo não é uma palavra mais maligna do que *cristianismo*. Joseph Stálin, sua polícia secreta e o fechamento das igrejas não estão entre os princípios do socialismo, assim como a Inquisição Espanhola não está entre os

---

[1] Quando éramos crianças, o poema "Nevoeiro", de Carl Sandburg, era decorado e recitado em muitas escolas de ensino fundamental — pelo menos no Midwest. Em algum momento, todo mundo chegou a conhecer esse poema. Era um dos poemas escolhidos com mais frequência para as competições de poesia nas escolas, pois era muito curto! Nevoeiro/O nevoeiro chega/com suas patinhas de gato./Fica sentado e olha/o porto e a cidade/agachado em silêncio/e depois vai embora novamente.

princípios do cristianismo. Cristianismo e socialismo, de fato, querem a construção da sociedade baseada na ideia de que todos os homens, mulheres e crianças sejam criados iguais e não precisem morrer de fome.

A propósito, Adolf Hitler tinha um pouco de um e um pouco de outro. Ele chamou seu partido de Nacional-socialista, os Nazistas. Também mandou pintar cruzes nos tanques e aviões. A suástica não era um símbolo pagão, como muitas pessoas acreditam. Era a cruz cristã de um trabalhador, feita de machados, de ferramentas.

Quanto às igrejas fechadas por Stálin e aquelas na China de hoje: essa supressão da religião supostamente foi justificada pela declaração de Karl Marx de que a "religião é o ópio do povo". Marx disse isso lá em 1844, quando os derivados do ópio eram os únicos analgésicos eficazes que alguém podia tomar. O próprio Marx os havia tomado. E era grato pelo alívio temporário que eles tinham lhe dado. Com aquela frase, ele simplesmente tinha observado, e certamente não condenado, o fato de que a religião também podia ser reconfortante para aqueles que estavam em dificuldades econômicas e sociais. Era a simples constatação de uma verdade óbvia, e não uma sentença.

Aliás, quando Marx escreveu essas palavras, ainda não havíamos nem libertado os escravos nos Estados Unidos. Na sua opinião, o que era mais agradável aos olhos de um Deus misericordioso na época? Karl Marx ou os Estados Unidos da América?

Stálin ficou feliz em interpretar a observação de Marx como uma ordem taxativa, assim como os ditadores chineses, pois, aparentemente, lhes dava poderes para deixar fora da jogada os padres, que podiam falar mal deles ou de seus objetivos.

A frase de Marx também deu uma desculpa a muitos nos Estados Unidos de dizer que os socialistas são inimigos da religião, são inimigos de Deus e, portanto, absolutamente odiosos.

Nunca conheci pessoalmente Carl Sandburg, mas gostaria de tê-lo conhecido. Com certeza, teria ficado mudo na presença desse tesouro nacional. Porém, conheci um socialista de sua geração, Powers Hapgood, de Indianápolis. Depois de se formar em Harvard, foi trabalhar como minerador de carvão, insistindo para os irmãos trabalhadores se organizarem a fim de conseguir salários mais altos e condições de trabalho mais seguras. Também em 1927, liderou manifestantes, por ocasião da execução dos anarquistas Nicolo Sacco e Bartolomeo Vanzetti, em Massachusetts.

Outro de nossos antepassados de água doce foi Eugene Victor Debs, de Terre Haute, Indiana. Um ex-foguista de locomotiva, Eugene Debs concorreu à presidência dos Estados Unidos quatro vezes, a quarta vez em 1920, enquanto estava na prisão. Ele disse: "Enquanto houver uma classe inferior, eu farei parte dela; enquanto houver uma classe de criminosos, eu estarei nela; enquanto houver uma alma na prisão, eu não serei livre." Que programa político lindo!

Uma paráfrase das bem-aventuranças.

E de novo: viva para o nosso time!

E nosso querido Carl Sandburg disse o seguinte sobre o cospe-fogo evangelista Billy Sunday:

Você chega rasgando a camisa, gritando coisas sobre Jesus.
Quero saber que diabos você sabe sobre Jesus.

Jesus tinha um jeito suave de falar, e todo mundo, exceto alguns banqueiros e ricos entre os vigaristas de Jerusalém, gostava de ter Jesus por perto, porque ele nunca dava um passo em falso, ajudava os doentes e dava esperança ao povo.

Você chega nos chamando de idiotas amaldiçoados — tão furioso que a espuma de sua baba escorre de seus lábios —, sempre tagarelando que vamos direto para o inferno e que você sabe tudo a esse respeito.

Eu li as palavras de Jesus. Eu sei o que ele disse. Você não me põe medo. Eu já conheço seu número. Sei quanto você sabe sobre Jesus.

Você diz ao povo que vive nos casebres que Jesus vai dar um jeito em tudo, entregando a eles mansões no céu depois que eles morrerem e os vermes tiverem comido seu corpo.

Você diz a vendedoras de loja de departamentos que ganham seis dólares por semana que tudo que elas precisam é de Jesus. Você pega um desses italianos da empresa de aço, morto sem ter vivido, cinzento e encarquilhado aos 40 anos, e diz para ele olhar para Jesus na cruz e que ele vai ficar bem.

Você diz aos pobres que não precisam de mais dinheiro no dia do pagamento e que, ainda que seja difícil não ter um trabalho, Jesus vai fazer tudo ficar bem, muito bem — tudo que eles precisam fazer é aceitar Jesus do jeito que você diz.

Jesus jogava de um jeito diferente. Os banqueiros e os advogados das empresas de Jerusalém mandaram seus assassinos atrás de Jesus porque Jesus não jogaria o jogo deles.

Na minha religião, não quero um monte de besteiras de um contador de lorotas.

Viva para o nosso time!

E agora aproveito sua hospitalidade para me declarar

um filho da *Chicago Renaissance*,[1] personificado de modo poderoso não apenas por Carl Sandburg, mas também por Edgar Lee Masters, Jane Addams, Louis Sullivan, Lake Michigan e assim por diante.

E proponho um brinde a uma pessoa que não era artista nem trabalhador de qualquer natureza. Não era nem mesmo um ser humano. Senhoras e senhores, um brinde à vaca da senhora O'Leary.[2]

---

[1] O *Chicago Reinaissance* foi um movimento literário iniciado em 1912 e que se estendeu até 1925, conhecido por descrever o ambiente urbano da época e também por seus autores, que, em sua maioria, vinham de pequenas cidades do Midwest (N. do T.)

[2] Segunda a tradição, a vaca da Senhora O'Leary, ao derrubar um lampião com um coice em um celeiro, deu início ao Grande Incêndio de Chicago de 1871, que foi seguido por uma reconstrução de larga escala, levando, assim, ao crescimento da economia e da população.

12

COMO CONSEGUI MEU PRIMEIRO EMPREGO DE REPÓRTER E APRENDI A ESCREVER DE UM JEITO SIMPLES E DIRETO ENQUANTO NÃO ME FORMAVA EM ANTROPOLOGIA

Do livro An Unsentimental Education: Writers and Chicago, *University of Chicago Press, 1995*

"Nem sei ao certo qual é minha mensagem como escritor. Mas eu gostaria de contagiar as pessoas com ideias humanas antes de elas conseguirem se defender."

Eu pensava muito na Universidade de Chicago, mas a Universidade de Chicago não pensava nem um pouquinho em mim. Para o departamento de Antropologia, eu era um personagem para lá de secundário.

Antes de chegar a Chicago, eu nunca tinha estudado Literatura ou Ciências Sociais; tinha estudado Química na Cornell. E, depois de Cornell, passei três anos na maldita infantaria durante a Segunda Guerra Mundial. Aquilo tomou um belo pedaço da minha vida.

A Universidade de Chicago fez os veteranos que voltaram da guerra a fazer um teste para verificar seus conhecimentos gerais. Aceitaram meus créditos acumulados até aquele momento, que eram em Física, Química e Matemática, e me admitiram como aluno de pós-graduação em Antropologia.

Depois de ter vivenciado a guerra e tudo o mais, eu achava que os seres humanos é que deveriam ser estudados. Na verdade, acho que isso deveria ter sido feito no ensino médio, mas melhor que se faça na universidade do que em lugar nenhum. E *foi* muito interessante.

Eu tinha acumulado cerca de três anos de créditos da Cornell, então faltava um ano para conseguir o bacharelado. Mas, no sistema de Hutchins, o bacharelado era concedido após dois anos, e eu não podia ter um.

Portanto, eu teria de estudar pelo menos três anos para conseguir um mestrado. Para mim, estava tudo bem, porque era um momento muito emocionante da minha vida.

Eu estava pronto. Eu era como Thomas Wolfe quando foi para a faculdade, tão empolgado que corria pela floresta, saltava sobre muros de pedra e latia como um cachorro.

Bem, eu fora cabo do exército por três anos — tivera uma vida miserável. Então, a universidade era puro luxo. Toda aquela empolgação intelectual era fantástica.

Mas eu tinha mulher e filhos e fiz uma dissertação que foi rejeitada pela Universidade de Chicago. Quando eu não estava em sala de aula, trabalhava como repórter para o *City News Bureau*. Também passava muito tempo com a minha família em vez de ficar na universidade. Levava uma vida bem diferente, pois tinha mulher e filhos. A maioria dos estudantes, não. E, durante o verão, eles saíam para participar de escavações arqueológicas ou trabalhos de campo, mas eu não podia, porque tinha mulher e filhos e precisava continuar trabalhando.

Tínhamos uma superestrela no departamento de Antropologia, Robert Redfield. A Antropologia vitoriana havia sido totalmente desacreditada, pois os vitorianos teorizavam uma evolução cultural parecida com a Física. Eles acreditavam que as pessoas progrediam da poligamia à monogamia, do politeísmo ao monoteísmo e assim por diante. Redfield dizia: "Ora, espere um minuto: existe um estágio pelo qual toda sociedade passa, e eu vou descrevê-lo." Ele chamou esse estágio de *Folk Society*.

A *Folk Society* era uma comunidade fechada, isolada dos estrangeiros. Incluía um sistema comum de crença e relacionamentos familiares extensos. Parece um lugar confortável, como o que todo mundo está procurando.

Eu via a comunidade da Universidade de Chicago como se fosse uma *Folk Society* — e eu me sentia um estranho nela. Eu me sentia excluído por aquele bando no departamento, embora eles tivessem me admitido. Não me tratavam mal, mas eles já *tinham* uma família.

Meu percurso irônico como romancista tem muito a ver com o fato de ter sido aluno de Antropologia. A Antropologia me transformou em um relativista cultural, que é o que todo mundo deveria ser. As pessoas deveriam aprender, de um jeito sério, que uma cultura é apenas um instrumento, e que uma cultura tão arbitrária quanto outra qualquer.

Essa é uma lição importante e, apesar disso, há pessoas que nunca ouviram falar disso. Depois, quando se tornam adultas, não conseguem *suportar* ouvir falar.

Cultura *é* um instrumento; é algo que herdamos. E dá para consertá-la da mesma forma que se conserta um aquecedor a óleo quebrado. Você pode consertá-la continuamente.

*

Em minha dissertação de mestrado, eu investigava o que era necessário para provocar uma mudança cultural radical. Que tipo de grupo era necessário para fazer a sociedade dar uma virada de 45 graus, ou de 90 graus? Parecia que era necessário um gênio autêntico. Na realidade, são necessários também dois caras brilhantes que tenham status na comunidade. Um deles fala do gênio: "Esse cara *não* é maluco." Em seguida, você também precisa de alguém que explique. No caso dos cubistas, havia Picasso, e havia Braque e Apollinaire, que explicavam o que estavam fazendo. (Picasso não tinha a menor intenção de explicar o que diabos estava fazendo. Daria trabalho demais.)

Minha dissertação examinou os cubistas e a Dança dos fantasmas dos nativos americanos. Um professor incrivelmente brilhante chamado Sidney Slotkin trabalhou comigo nela. Slotkin também ocupava uma posição marginal no departamento de Antropologia, embora tivesse se formado ali; ele só não era da mesma espécie deles.

Estudei como a mudança pode ser feita, mas um escritor não pode fazer mudanças. Nem vocês podem. Não há força de vontade suficiente para isso. Como alguém que não é jornalista ou não tem nenhum status social ousa comentar sobre algo tão complicado quanto logística militar, política estrangeira ou petróleo? Afinal, quem são vocês? E vocês vão dizer qual será o próximo passo do governo?

O escritor está em uma situação engraçada: não tem

qualificação nenhuma, não tem crachá ou status, e sai abrindo o bico sobre isso ou aquilo. Isso tudo incomoda muita gente. Como ousamos fazer o que fazemos?

Ainda assim, os escritores podem exercer grande influência sobre os jovens. Quando eu tinha entre 14 e 20 anos, no período em que começava a ler simplesmente qualquer coisa, não tinha imunidade nenhuma que me abrigasse dos ideais. Eu lia Hemingway, Steinbeck, Dos Passos e James T. Farrell — e suas opiniões políticas tornavam-se as minhas.

Eu acho que alguns jovens se tornaram pacifistas por minha causa. Na verdade, eu nem sei ao certo qual é a minha mensagem como escritor. Mas eu gostaria de contagiar as pessoas com ideias humanas antes de elas conseguirem se defender.

Meu sonho de infância era curar o câncer. Improvável. Meu irmão era cientista, então eu seria um cientista.

Eu queria ser um monte de coisas em vez de ser o que sou.

Meu pai, por um bom tempo, tentou me convencer a me tornar arquiteto, mas depois ficou bastante frustrado e disse: "Seja qualquer coisa, menos arquiteto."

Se tudo tivesse dado certo, neste momento eu seria arquiteto em Indianápolis. Mas, em vez disso, fui para Cornell, para me tornar químico.

E, se tudo tivesse dado certo em Chicago, eu estaria comandando um jornal — ou uma greve.[1]

---

[1] Em Chicago, nessa época, estava acontecendo uma greve deflagrada pelo sindicato dos jornalistas que acabou durando quase dois anos. (N. do E.)

O *City News Bureau*, a agência de notícias na qual eu trabalhei durante a universidade, era um lugar para durões. Éramos como criminosos. É onde um monte de jornalistas começa em Chicago. A teoria era que trabalhar para o *City News Bureau* era a única maneira de conseguir um emprego em um jornal de Chicago. Era *necessário* começar por lá.

No *City News*, eu podia fazer coisas que não posso fazer neste momento, ou seja, ir a qualquer parte da cidade e começar a falar com as pessoas sobre a sua vida.

Como repórter, eu fazia um tour pelas delegacias, ligava para os bombeiros e então para a guarda costeira: "Alguma coisa aconteceu?" Durante oito horas, corria do South Side para o North Side para o West Side.

Todos procurávamos alguma coisa. Alguns dos repórteres andavam armados.

Certa vez, eu encontrei um corpo.

Comecei como faz-tudo, parado lá no escritório, na expectativa de que alguém fosse transferido para eu poder me tornar repórter. Um domingo eu estava lá escutando o rádio da polícia. Ouvi que, em um prédio comercial, três quarteirões adiante, um sujeito acabara de morrer em um acidente de elevador. Não havia mais ninguém disponível, então lá fui eu, e cheguei ao lugar junto com os bombeiros e a polícia.

O teto do elevador havia caído, esmagando o ascensorista. E eu consegui ver esse cara esmagado e morto.

Então, liguei para relatar a história, e meu editor disse: "Tudo bem, ligue para a esposa dele. Descubra o que ela tem a dizer sobre o caso."

Eu disse: "Não consigo fazer isso."

Ele disse: "Sim, você consegue."

Meu Deus, isso foi tão indecoroso! Eu jamais faria isso agora. Se eu tivesse trabalhado na agência de notícias por mais tempo, provavelmente teria me cansado.

Ainda assim, trabalhar como jornalista influenciou minha forma de escrever romances. Quero dizer, muitos críticos me acham estúpido por causa de minhas frases simples e do meu método tão direto: eles acham que são defeitos. Não. A questão é escrever tudo que você sabe o mais rápido possível.

Num jornal, você aprende a escrever um artigo para que alguém possa cortá-lo sem nem mesmo ler, concentrando tudo que é mais importante no início. Da mesma forma, nas primeiras páginas de meus livros, eu digo que diabos vai acontecer. Quando eu dava aulas de escrita criativa na Universidade de Iowa, eu dizia aos meus estudantes: "Olhem só, eu quero que vocês escrevam de forma que, se vocês caírem mortos, o leitor será capaz de terminar a história por vocês."

Em Chicago, eu não escrevia ficção; apenas notícias e trabalhos de Antropologia. Mais tarde, comecei a escrever contos e a vendê-los. Foi quando eu disse: "Olha, eu acho que sou escritor!"

Quando saí da universidade, havia uma lista de empregos para antropólogos afixada no quadro de avisos do departamento. Todos aqueles empregos, obviamente, exigiam doutorado.

Recebi a proposta de um emprego na área de relações públicas da General Electric e pensei que seria melhor aceitar. Afinal, eu tinha mulher e filhos e não podia esperar muito mais. Então, eles me contrataram.

Especialmente como um filho da Depressão, naquela

época, quando você tinha uma oportunidade de trabalho, naturalmente a aceitava. E você não se sentiria destinado a esse ou àquele trabalho, simplesmente aceitava qualquer maldito emprego.

Mais tarde, eu estava morando em Cape Cod e precisava ganhar a vida. Queria dar aulas no ensino médio, mas não tinha título superior. Como Chicago havia recusado minha dissertação, eu tinha cerca de sete anos de faculdade e nenhum título.

Então, escrevi uma carta ao pessoal em Chicago dizendo: "Olha só, pessoal, eu já passei da fase de bacharelado. Vocês não me dariam ao menos um título de bacharel?" E eles disseram: "Não. Sentimos muito, mas, para se formar, você teria de voltar para cá e fazer um curso." Era Estudo da Civilização ou algo assim. Não havia a menor chance de eu fazer isso; na época, eu tinha seis filhos.

Então, lá estava eu, sem nenhum título. Se tivesse, teria me tornado professor. Fiquei muito bravo.

Fiz *outra* dissertação, sobre a representação matemática das histórias. Que também foi rejeitada.

Piorou. Por fim, eu entrei no corpo docente de Harvard sem um título e parei de encher o saco do pessoal de Chicago. Depois recebi uma carta de um cara da Universidade de Chicago, o novo diretor do departamento de Ciências Sociais.

Dizia: "Acabei de me tornar coordenador de Ciências Sociais aqui, estava procurando um arquivo e encontrei um envelope enorme com seu nome. Então, eu li." E acrescentou: "Tenho o prazer de lhe dizer que, segundo as regras da universidade, você sempre teve direito ao título de mestre por ter publicado um livro de qualidade."

Fora *Cama de gato* que me qualificara ao título de mestre. Esse romance foi Antropologia, mas Antropologia *inventada*. No livro, eu escrevi sobre uma sociedade inventada. Então, o tempo todo, eu tinha direito a um mestrado.

Pouco antes de meu pai morrer, disse: "Quero te agradecer, porque você nunca pôs um vilão em nenhuma de suas histórias." O ingrediente secreto em meus livros é que nunca houve um vilão.

Algumas das culturas que estudávamos em Chicago eram bem sanguinárias. Os Astecas eram realmente assustadores, arrancavam o coração das pessoas. Os Maias não eram muito melhores. E há exemplos de crueldade terrível, mesmo nas sociedades benignas, que viviam em paz.

O vilão da história pode ser a sociedade, da mesma forma que pode ser uma mãe.

Ainda assim, parece-me que ser bom não é mais problemático do que ser malvado. Sou crítico, mas não pessimista.

Olhe tudo o que os seres humanos podem fazer! Eles são versáteis. Podem andar de monociclo. Podem tocar harpa. Podem, aparentemente, fazer *qualquer coisa*.

De qualquer forma, eu gostava da Universidade de Chicago. Era ela que não gostava de *mim*.

13

ALGUÉM DEVERIA TER ME DITO PARA NÃO INGRESSAR EM UMA FRATERNIDADE

"If I Knew Then What I Know Now: Advice to the Classe of '94 from Those Who Know Best" [Se eu soubesse na época o que sei agora: conselhos para a Turma de 94 daqueles que sabem melhor], Cornell Magazine, *maio de 1994*

Vonnegut acha que teria crescido mais rápido se tivesse passado mais tempo com os Independentes, e não com os estudantes das fraternidades. Também queria que alguém tivesse lhe dito que ficar bêbado é algo perigoso e estúpido.

O que me tornei não tem quase nada a ver com Cornell, onde, escutando o péssimo conselho de meu irmão e de meu pai, eu estava tentando, sem sucesso, me tornar bioquímico. Tem tudo a ver com a aventura apaixonante de trabalhar como jornalista e editor no jornal *The Cornell Daily Sun*, que era uma coisa separada.

Um conselho? Alguém deveria ter me dito para não ingressar em uma fraternidade, mas ficar com os independentes que, na época, não eram tão numerosos. Eu teria crescido mais rápido dessa forma. Alguém deveria ter me dito que ficar bêbado, embora estivesse na moda, era uma atividade perigosa e estúpida. E alguém deveria ter me dito para esquecer a educação superior e, em vez disso, ir trabalhar para um jornal. Na época, muitos dos jovens escritores mais promissores e determinados costumavam fazer exatamente isso. Hoje em dia, claro, você não consegue emprego em um jornal se não tiver educação superior. Que pena!

Na Cornell, eu tive experiências esquisitas ao extremo, como foi a maioria das coisas que vieram na sequência, boa parte acidentalmente. Então, o conselho que dou a mim mesmo aos setenta e um anos é o melhor que poderia ter dado a mim mesmo em 1940, quando desembarquei de trem e pisei pela primeira vez em Ithaca, depois de uma longa viagem de Indianápolis: "Segurem o chapéu. Nós podemos ir bem longe."

14

O ESCRITOR MAIS CENSURADO DE SEU TEMPO DEFENDE A PRIMEIRA EMENDA

"The Idea Killers" [Os matadores de ideias], revista Playboy, *janeiro de 1984*

Vonnegut observa que progredimos do linchamento de seres humanos para o linchamento de ideias, "que não podem gritar de dor".

A American Civil Liberties Union, da qual sou um apoiador fervoroso, sugeriu que eu talvez seja o escritor mais censurado nos Estados Unidos. Eu só queria que meus pais tivessem vivido para ver que disseram isso de mim. As palavras do meu pai no leito de morte foram: "Você nunca vai conseguir fazer algo de bom na vida." Na verdade, ele não disse isso. Estou fazendo o que chamamos de piada. As piadas são protegidas pela Primeira Emenda de nossa Constituição. Até mesmo as piadas sobre o Todo-Poderoso.

Professores e bibliotecários têm sido incrivelmente corajosos, honoráveis e patrióticos, e também inteligentes, durante todos os ataques recentes à Primeira Emenda, que diz, entre outras coisas, que todos os americanos são livres para ler e publicar o que quiserem. Calúnia e difamação, claro, ficam excluídas da proteção legal.

    Se eu fui muito censurado, professores e bibliotecários tiveram de defender meus livros muitas vezes. Não imagino, nem por um microssegundo, que fizeram isso porque o que escrevo seja tão verdadeiro e belo. Muitos deles talvez odeiem o que escrevo, embora eu seja, no máximo, tão perigoso quanto uma banana split. Eles defendem meus livros, e os de qualquer pessoa, porque cumprem as leis e porque entendem, como entendiam nossos pais fundadores, que é vital em uma democracia que os eleitores tenham acesso a todo tipo de opinião e informação.

    Graças aos nossos pais fundadores, neste país a lei prevê que, uma vez tendo sido expressa uma ideia aqui, não importa quanto seja repugnante para algumas pessoas ou, simplesmente, para todo mundo, ela nunca deve ser impedida de circular por causa do governo. Mesmo que a maioria de nosso povo tenha votado para que essa ideia seja eliminada, a extinção seria ilegal por causa da Primeira Emenda, que diz:

> "Artigo I — O Congresso não legislará no sentido de estabelecer religião ou proibir seu livre exercício, ou de cercear a liberdade de expressão ou de imprensa; ou o direito de o povo se reunir pacificamente e requerer do governo reparação por agravos."

Eu me preocupo principalmente com a liberdade de expressão aqui, mas esse direito certamente é imbricado, como consta da Primeira Emenda, na separação de Igreja e Estado e no direito de ter nossas reclamações ouvidas pelo governo.

*

Atualmente, em nossa democracia estranhamente serena, há uma guerra em curso sobre a Primeira Emenda? Bem, o esboço deste ensaio estava cheio de imagens bélicas. Afinal, eu sou um herói de guerra. Eu me permiti ser capturado pelos alemães durante a Segunda Guerra Mundial para salvar vidas.

Na versão bélica — que, se for lida em voz alta, lembra muito a Abertura de "1812"[1] —, eu tinha colocado professores e bibliotecários espetados em arame farpado, afogados em crateras de granadas, cheios d'água e assim por diante.

Os cidadãos responsáveis como vocês e eu estávamos em um clube de oficiais em um abrigo antibomba a 320 quilômetros atrás das linhas de combate. Lá no front, os censores e os queimadores de livros estavam usando capacetes com ponteira e atirando balas dundum e gás-mostarda. Gritavam com os professores e bibliotecários para renunciar à Primeira Emenda. Os professores e os bibliotecários gritavam o que o general Anthony C. McAuliffe dissera aos alemães durante a Batalha das Ardenas quando eles lhe informaram que a situação era desesperadora Eles gritavam: "Loucos! Loucos! Loucos!"

---

[1] Abertura Solene para o ano de 1812, obra orquestral de Tchaikovski escrita em 1880 para comemorar a vitória dos russos sobre Napoleão. Tornou-se tradição executá-la durante as comemorações do Quatro de Julho, Dia da Independência dos Estados Unidos. (N. do T.)

Mas, na realidade, os queimadores de livros e censores não são inimigos sub-humanos, loucos. São seus e meus vizinhos: pessoas normais, de hábitos agradáveis e honoráveis. Entre eles e pessoas como nós, surgem problemas que, com frequência, acabam nos tribunais, porque eles acreditam, de todo o coração, que entendem completamente dois tipos de leis superiores à Constituição: as leis da natureza e, acima dessas, as leis de Deus.

Para eles, a hierarquia das leis é como um maço de cartas de baralho. As leis feitas por Deus são Ases. As leis feitas pela natureza são Reis. As leis feitas pelos homens são Rainhas. A lei contra estacionar em fila dupla seria um Dois de Paus, imagino.

Então, quando um censor vê ou ouve uma ideia que esteja circulando livremente nesta democracia, uma ideia que também o ofenda de forma tremenda e provavelmente também a muitas outras pessoas, tenta se livrar do instrumento que funciona como veículo dessa ideia — um livro, uma revista, um filme, seja o que for — por meio da justiça particular ou com a ajuda do governo.

Quando alguém se opõe ao censor, dizendo que está se comportando de maneira inconstitucional, ele responde que a lei constitucional é apenas uma Rainha. Enfia a mão no bolso e puxa quatro reis, as leis naturais, que dizem que nenhum homem de verdade permitirá que ideias impopulares sejam expressas enquanto ele estiver por perto e assim por diante.

Ele deixa esse conceito se assentar e depois puxa quatro ases, que são as leis de Deus. O próprio Deus Todo-poderoso odeia a ideia que ele deseja debelar.

Ele vence a questão? Não nos Estados Unidos. Talvez

no Irã ele conseguisse, mas seria melhor que conhecesse seu Corão.

Neste país, não jogamos com um maço completo de cartas, e é isso que os censores têm tanta dificuldade de aceitar. Entramos em um acordo, graças ao instrumento da Constituição, por meio do qual, quando se trata de assuntos públicos, não nos comportamos como se entendêssemos completamente as leis de Deus e da natureza.

Esse acordo não é um dispositivo moderno que veio com o rock 'n' roll e o nu frontal. Os censores continuam a repetir que precisamos voltar às boas e antigas raízes americanas. Como podem não concordar que, quando nós e eles respeitamos a Primeira Emenda — não importa quão complicada essa emenda possa ser às vezes — estamos expressando da forma mais intensa nossa "americanidade"?

Talvez os censores concordem conosco que os episódios mais desgraçados de maus-tratos contra seres humanos dentro de nossas fronteiras aconteceram quando se permitiu a alguém colocar a ideia de lei divina ou de lei natural acima da nossa Constituição. Eu me refiro à escravidão, que tantos americanos acreditavam ser natural ou mesmo ordenada por Deus, e isso tudo aconteceu ontem mesmo, na época do meu bisavô. Por fim, foi a aplicação das simples leis humanas que tornou a escravidão ilegal.

Durante a primeira metade da minha vida, os linchamentos eram surpreendentemente comuns e aconteciam desde sempre. Não eram tantas pessoas assim dizendo que os linchamentos estavam de acordo com a de Deus, mas é provável que a maioria sentisse que eles estavam em harmonia com a lei natural. O que poderia ser mais natural, no fim das contas, que uma comunidade chegar a odiar tanto alguém a ponto de seus membros o enforcarem ou o queimarem vivo? (Castrar os criminosos, a propósito, era uma preliminar natural desses ritos naturais. Que maneira de proteger a família seria melhor?)

Cinquenta anos atrás, talvez pudéssemos ter protestado contra os linchamentos de seres humanos. Felizmente, hoje em dia, podemos protestar contra coisas bem menos graves: o linchamento de simples ideias, que não podem gritar de dor.

*

Mas a questão permanece a mesma: a Constituição dos Estados Unidos pode ser transformada em um simples pedaço de papel que justifique esse fato através do que pessoas honestas acreditam ser as leis de Deus e da natureza? Se deixarmos isso acontecer, não vejo motivo para não voltarmos às boas e velhas práticas americanas de linchamento e até mesmo de escravidão. Que melhor maneira de combater o crime pode haver?

Se voltássemos à escravidão, então as ideias talvez se tornassem realmente perigosas, o que não são hoje. Tentem imaginar o que os escravos poderiam fazer se conseguissem um exemplar da Constituição, por exemplo, e aprendessem que todas as pessoas, independentemente de suas opiniões, cor ou seja lá o que for, deveriam poder falar o que quisessem e ser livres e iguais.

Eu fiz alusão à dor, aos gritos lançados por uma pessoa linchada. Ainda voltarei a mencionar a questão da dor. Com frequência, é dor real que os censores sentem quando veem essa ou aquela ideia, essa ou aquela imagem, circulando livremente para todos a contemplarem.

Eu mesmo sinto essa dor com frequência. Quando vejo o estado da 42nd Street em Nova York, fico com vontade de morrer. Não é possível que existam muitos norte-americanos com coração que não se sintam enojados com as crenças que o Partido Nazista norte-americano propôs que fossem celebradas em Skokie, Illinois, poucos anos atrás.[1] Suportamos aquela dor em Skokie para que nós mesmos pudéssemos ter o direito de nos expressar livremente, não importa quanto possam ser impopulares alguns de nossos pontos de vista.

Nossos pais fundadores nunca nos prometeram que essa seria uma forma de governo indolor, que aderir ao Bill of Rights seria invariavelmente agradável. Os americanos também não ficam orgulhosos em evitar dor a qualquer custo. Na verdade, nos feriados patrióticos, celebramos toda a dor que os americanos suportaram para proteger sua liberdade — espetados por arames farpados, afogando nas crateras das granadas cheias d'água e assim por diante.

Então, não é pedir muito dos americanos que eles não sejam censores, que corram o risco de ser profundamente feridos por certas ideias para que todos nós possamos ser livres. Se uma ideia feia nos ofende, devemos considerar isso parte do custo da liberdade e, tal como os heróis americanos do passado, seguir em frente com bravura.

---

[1] Em 1977, o National Socialist Party of America organizou uma marcha antissemita em Skokie, um bairro na periferia de Chicago, em que uma em cada seis pessoas era sobrevivente do Holocausto. O prefeito tentou impedir a marcha, mas a Suprema Corte decidiu que o evento não podia ser proibido porque era protegido pela primeira emenda. (N. do T.)

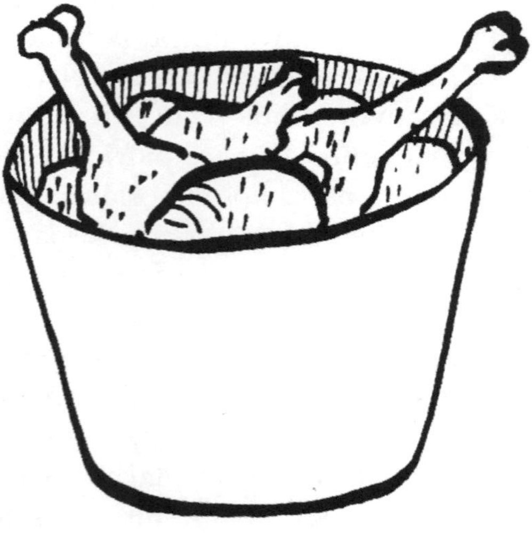

15

MEU CACHORRO AMA TODO MUNDO, MAS NÃO FOI INSPIRADO PELA GRÉCIA ANTIGA, POR ROMA OU PELO RENASCIMENTO

"Why My Dog Is Not a Humanist" [Por que meu cachorro não é um humanista], *revista* The Humanist, *novembro/dezembro de 1992*

O humanista do ano acha que a Ciência é o enésimo Deus feito pelos homens, diante do qual ele não sente a necessidade de genuflectir — nem seu cão, Sandy, que ama as pessoas.

Já fui escoteiro. O lema dos escoteiros, como vocês bem sabem, é "Sempre Alerta". Então, vários anos atrás, escrevi um discurso para o caso de eu vencer o Prêmio Nobel de Literatura.

Tinha apenas oito palavras. Acho que é melhor usá-lo aqui. (Como dizem por aí, é agora ou nunca.)

É o seguinte: "Vocês me tornaram um homem velho, muito velho."

*

Acho que tive essa grande honra porque sobrevivi tanto tempo. Ouso dizer do humanismo o que Lyndon Johnson disse da política: "Política não é difícil. Você só precisa sobreviver e ir aos funerais."

Perdoem-me se hoje à noite não pareço solene ao receber esse prêmio. Estou aqui pela sua companhia, não por um prêmio.

H. L. Mencken dizia que Nicholas Murray Butler, o falecido presidente da Universidade de Colúmbia, recebeu mais títulos honorários, medalhas e comendas do que qualquer outra pessoa no planeta. Mencken declarou que tudo o que restava a ser feito por ele era enrolá-lo em uma chapa de ouro e poli-lo até que ele ofuscasse o próprio sol.

*

Não é a primeira vez que me acusam de ser humanista. Vinte e cinco anos atrás, quando estava lecionando na Universidade de Iowa, um estudante de repente me disse: "Ouvi dizer que o senhor é humanista."

Então, retruquei: "Ah, é? O que é um humanista?"

Ele disse: "É o que eu quero saber do senhor. O senhor não está sendo pago justamente para responder a perguntas como esta?"

Enfatizei que meu salário era muito modesto. Em seguida, eu lhe dei o nome de vários professores titulares que estavam ganhando muito mais dinheiro do que eu e, inclusive, tinham doutorado — o que eu não tinha na época e ainda não tenho.

*

Mas a acusação dele ficou entalada na minha garganta. E, no processo de tentar cuspi-la, para conseguir examiná-la, ocorreu-me que um humanista talvez fosse alguém louco por seres humanos, que, tal como Will Rogers,[1] nunca encontrou alguém de quem não gostasse.

O que certamente não me descreveria.

Mas descreveria meu cachorro. Seu nome era Sandy, embora ele não fosse escocês.[2] Era um puli — um cão pastor húngaro com a cara cheia de pelos. Eu sou alemão e tenho a cara cheia de pelos.

Levei Sandy ao pequeno zoológico da Iowa City. Esperava que ele gostasse do búfalo e dos cães-de-pradaria, dos guaxinins e dos gambás, das raposas e dos lobos e assim por diante, e especialmente de seus odores, que, no caso do búfalo, eram absolutamente insuportáveis.

Mas Sandy prestou atenção apenas nas pessoas, sua cauda balançando o tempo todo. Não importava para Sandy como era a aparência ou o odor de uma pessoa. Podia ser um bebê. Podia ser um bêbado que odiasse cachorros. Podia ser uma jovem tão voluptuosa quanto Marilyn Monroe. Podia ter sido Hitler. Podia ter sido

---

[1] Will Rogers (1879–1935), ator e humorista, famoso pelos ditos e frases bem-humorados. Um de suas epigramas foi: "Quando eu morrer, meu epitáfio, ou seja lá o que gravam nas lápides, será: 'Fiz piada sobre cada homem proeminente do meu tempo, mas nunca conheci um de quem eu não gostasse'. Sinto-me tão orgulhoso disso que mal posso esperar para morrer e esse epitáfio poder ser gravado". (N. do T.)

[2] Sandy é um nome bastante comum na Escócia. (N. do E.)

Eleanor Roosevelt. Quem quer que fosse, Sandy teria balançado sua cauda.

Mas eu o desqualifiquei como humanista depois de ler na *Encyclopedia Britannica* que os humanistas foram inspirados pela Grécia Antiga e por Roma, em seu lado mais racional, e também pelo Renascimento. Nenhum cão, nem mesmo Rin-Tin-Tin ou Lassie, jamais foi inspirado desse jeito. Além disso, os humanistas, conforme aprendi, eram surpreendentemente seculares em seus interesses e entusiasmos, não tentavam incluir o Deus Todo-Poderoso em suas equações, por assim dizer, junto com tudo que poderia ser visto, ouvido, sentido, cheirado e provado aqui e agora. Sandy, obviamente, adorava não apenas a mim, mas simplesmente qualquer pessoa, como se ele ou ela fosse o criador e administrador do universo.

Ele simplesmente era estúpido demais para ser um humanista.

*

A propósito, Sir Isaac Newton, achava ser algo razoável aceitar a possibilidade de um Deus Todo-Poderoso convencional junto com o restante da realidade. Não acredito que Benjamin Franklin tenha feito isso alguma vez. Charles Darwin fingia fazê-lo por causa de seu lugar na alta sociedade. Mas obviamente sentiu-se muito feliz, depois de visitar as ilhas de Galápagos, ao abrir mão desse fingimento. O que aconteceu apenas 150 anos atrás.

*

Como mencionei Franklin, deixem-me fazer uma breve

digressão. Ele era maçom, como Voltaire e Frederico, o Grande, e também Washington, Jefferson e Madison.

A maioria de nós aqui, acho, se sentiria honrada se dissesse que esses grandes seres humanos foram nossos antepassados espirituais. Então, por que esta não é uma reunião de maçons?

Alguém aqui consegue, depois deste discurso, se possível, me dizer o que deu errado com a maçonaria?

*

Uma coisa eu acho que entendi: na época de Franklin — e de Voltaire —, a maçonaria era percebida como anticatólica. Ser maçom era motivo para excomunhão da Igreja Católica Apostólica Romana.

Como a população católica apostólica romana neste país cresceu rapidamente, ser anticatólico — em Nova York, Chicago e Boston ao menos — era um suicídio político. Também era um suicídio econômico.

*

Nenhum de meus ancestrais verdadeiros, ancestrais de sangue ou ancestrais genéticos neste país — cada um deles de ascendência alemã — era maçom, pelo que eu saiba, e eu sou a quarta geração Vonnegut a nascer aqui. Mas, antes da Primeira Guerra Mundial, muitos deles participaram das atividades de uma organização altamente respeitável, mas não incrivelmente séria como esta daqui, cujos membros se autointitulavam Freethinkers "Livres-Pensadores".

Há poucos americanos hoje que ainda se denominam assim — alguns de vocês nesta sala, sem dúvida. Mas os

Freethinkers não existem mais como presença organizada e reconhecida pela sociedade. Isso porque o movimento era predominantemente teuto-americano, e a maioria dos teuto-americanos achou prudente abandonar todas as atividades que pudessem separá-los da população geral quando entramos na Primeira Guerra Mundial. Muitos Freethinkers, a propósito, eram judeus-alemães.

*

Meu bisavô, Clemens Vonnegut, um comerciante imigrante de Münster, tornou-se um Freethinker depois de ler Darwin. Em Indianápolis, há uma escola pública com o seu nome. Ele foi presidente do conselho escolar dessa instituição por muitos anos.

Então, o tipo de humanismo que represento, do qual sou herdeiro, tira energia não do Renascimento ou da Grécia e da Roma pré-cristianismo, mas das descobertas e dos modos muito recentes de buscar a verdade.

Certa vez, eu mesmo tentei me tornar bioquímico — como fez nosso irmão querido, Isaac Asimov, que nos faz uma falta terrível. Na verdade, ele se tornou bioquímico. Eu não tive essa chance. Ele foi mais esperto que eu. Aliás, nós dois sabíamos disso. Ele agora está no céu.

Meu avô paterno e meu pai foram arquitetos que reestruturaram a realidade de Indianápolis com quantidades meticulosamente medidas de materiais, cuja presença — diferente daquela de um Deus Todo-Poderoso convencional — não podia ser posta em dúvida: madeira e aço, areia, cal e pedra, cobre, latão e tijolos.

Meu único irmão sobrevivente, dr. Bernard Vonnegut, oito anos mais velho que eu, é um físico-químico que pensa o tempo todo na distribuição de descargas elétricas em tempestades com raios.

*

Mas agora meu irmão mais velho, tal como Isaac Asimov em seus últimos anos, com certeza, e como a maioria de nós aqui, tem de admitir que os frutos da ciência até agora, postos nas mãos de governos, transformaram-se em crueldades e estupidezes que ultrapassam muito as da Inquisição Espanhola, de Gênghis Khan e de Ivan, o Terrível, bem como dos mais dementes imperadores romanos, sem excluir Heliogábalo.

Heliogábalo, em seu salão de banquetes, tinha um búfalo de ferro oco com uma porta na lateral. A boca era um buraco por onde o som podia sair. Ele punha um ser humano dentro do búfalo e depois mandava acender o fogo em uma lareira embaixo da barriga do animal de ferro, para que os convidados pudessem se divertir em seus banquetes com os ruídos que o búfalo fazia.

*

Nós, seres humanos modernos, assamos pessoas vivas, arrancamos braços, pernas ou seja lá o que for, usando aviões ou lançadores de mísseis, navios ou baterias de artilharia — e não ouvimos seus gritos.

Quando eu era menino em Indianápolis, agradecia por não haver mais câmaras de tortura com damas de ferro, cavaletes ou anjinhos, botas espanholas e assim por diante. Mas pode haver mais desses instrumentos agora do que antes — não neste país, mas em outros lugares, com frequência em países que chamamos de amigos. Pergunte ao

Human Rights Watch. Pergunte à Amnesty International se isso não acontece. Não pergunte ao Departamento de Estado dos Estados Unidos.

E os horrores daquelas câmaras de tortura — seus poderes de persuasão — foram atualizados, como os da guerra, pela ciência aplicada, pela conquista da eletricidade, a compreensão detalhada do sistema nervoso humano e assim por diante.

*

A propósito, o napalm é um presente à civilização do departamento de Química da Universidade de Harvard.

*

Então, a ciência é o enésimo Deus feito pelos homens diante do qual eu, se não de forma satírica, irônica, paródica, não preciso me ajoelhar.

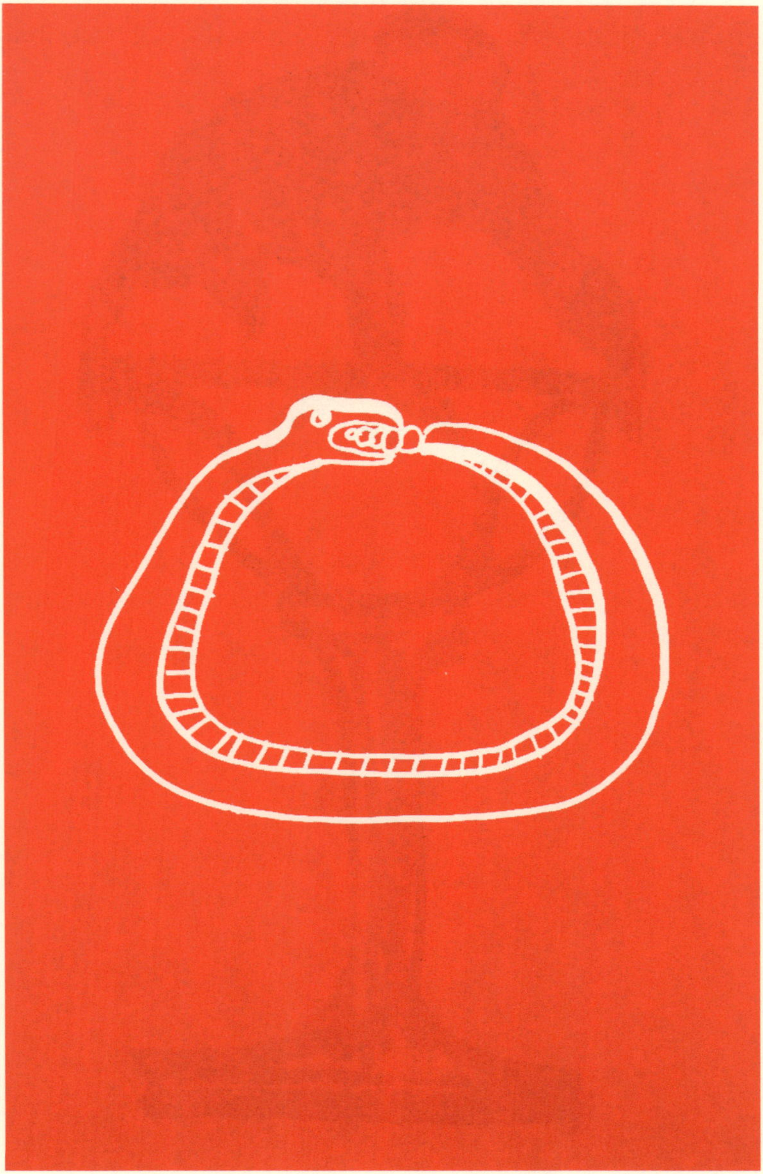

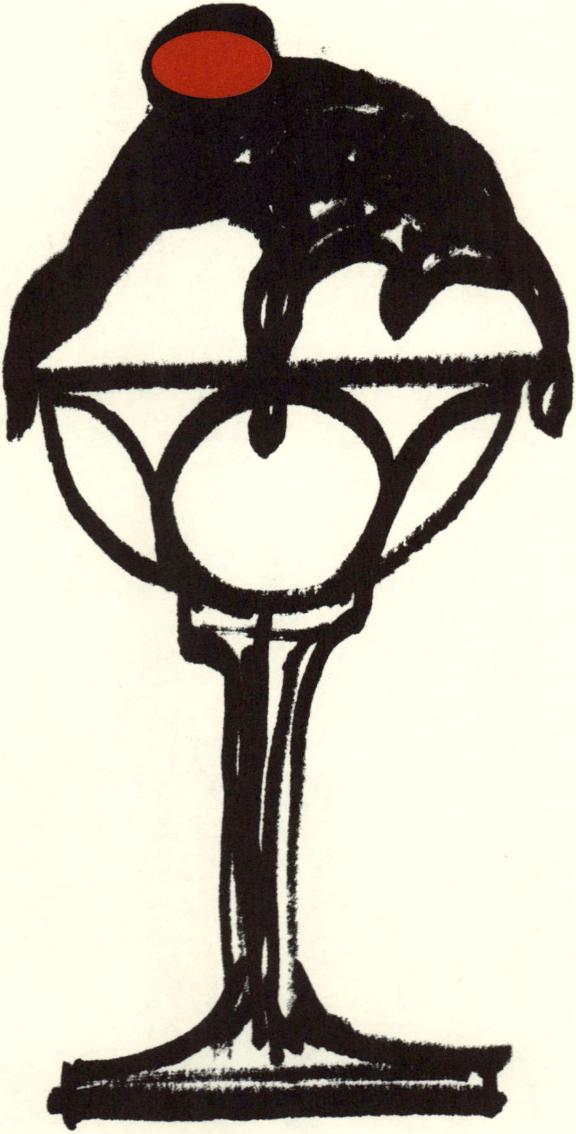

SOLTAS NO TEMPO — CITAÇÕES PARA REFLETIR

"Segurem o chapéu.
Nós podemos ir bem longe!"

*

"Praticar uma arte, não importa se bem ou mal, é uma maneira de fazer sua alma crescer, pelo amor de Deus. Cante no chuveiro. Dance para o rádio.
Conte histórias."

*

"O verdadeiro terror é acordar uma manhã e descobrir que sua turma do ensino médio está governando o país."

*

"Um dos objetivos da vida humana, não importa quem a esteja controlando, é amar quem quer que esteja por perto para ser amado."

*

"Meu pai era louco por armas, como Ernest Hemingway, principalmente para provar que não era afeminado, embora fosse arquiteto e pintor. Mas ele não ficava bêbado e batia nas pessoas. Atirar em animais já lhe bastava."

*

"A boa terra — poderíamos tê-la salvado, mas fomos avarentos e preguiçosos demais."

*

"Temos de constantemente pular de abismos e desenvolver nossas asas durante a queda."

*

"Vocês estão aprendendo que não vivem dentro de uma estrutura social sólida, confiável — que as pessoas mais velhas ao seu redor são seres humanos preocupados, mal-humorados e estúpidos, que há apenas alguns dias eram criancinhas. Então, casas podem desmoronar e escolas podem desmoronar, em geral por razões infantis…"

*

"Aqueles que acreditam em telecinesia, levantem minha mão."

*

"Quando as coisas vão bem por dias consecutivos, é um acidente hilário."

*

"Outra falha no caráter dos seres humanos é que todo mundo quer construir e ninguém quer fazer manutenção."

*

"Faça amor sempre que puder. É bom para você."

*

"Os artistas americanos homens nem precisam mais dar tiros. Podem até ser homossexuais e que se foda! Isso é bom."

*

"Propostas de viagem esquisitas são aulas de dança dadas por Deus."

*

"Nós, humanistas, nos comportamos da forma mais honesta possível sem nenhuma expectativa de recompensa ou punição na vida após a morte. E, como

o criador do universo nos é incompreensível até agora,
servimos da melhor forma que conseguimos à única
abstração com a qual temos familiaridade, ou seja,
a nossa comunidade."

*

"Escrevam um poema a um amigo, mesmo
que seja um poema ruim.
Façam isso da melhor maneira possível.
Vocês terão uma recompensa enorme.
Vocês terão criado alguma coisa."

*

"Existe apenas uma regra que eu conheço:
É preciso ser gentil, porra!"

*

"Estou encantado com o Sermão da Montanha. Para
mim, parece que ser misericordioso é a única boa ideia
que tivemos até então. Talvez um dia desses tenhamos
outra boa ideia… e então teremos duas boas ideias."

*

"Uma pessoa sã em uma sociedade insana
deve parecer insana."

*

"É verdade que algumas personagens usam palavrões.
Mas isso é porque as pessoas falam palavrões na

vida real. Especialmente os soldados e os homens que trabalham em coisas manuais usam palavrões, e mesmo as crianças mais protegidas sabem disso. E todos sabemos também que certas palavras, na verdade, não prejudicam muito as crianças. Elas não nos prejudicaram quando éramos crianças. Foram péssimas ações e mentiras que nos machucaram."

*

"Prezadas futuras gerações:
Por favor, aceitem nossas desculpas.
Estávamos totalmente embriagados de petróleo."

*

"Ferimos mortalmente este planeta lindo, o único da Via Láctea inteira, com um século de farra dos transportes. Nosso governo está conduzindo uma guerra contra as drogas, não está? Então que vá também atrás de petróleo! Vamos falar sobre um barato destrutivo! Você põe um pouco dessa coisa no seu carro e pode percorrer mais de cem quilômetros em uma hora, passar por cima do cachorro do vizinho e destruir a atmosfera em pedacinhos."

*

"Somos animais dançantes."

*

"O desespero é a mãe da originalidade."

*

"Bibliotecários, não famosos por sua força física, por suas ligações políticas poderosas ou por sua grande riqueza, mas que, por todo este país, resistiram com firmeza aos valentões antidemocráticos que tentaram tirar alguns livros de suas estantes e se recusaram a revelar à polícia do pensamento os nomes das pessoas que deram uma olhada naqueles títulos."

*

"Eu fui vítima de uma série de casualidades, como todos nós somos."

*

"Eu sou um andarilho do espaço chamado Kurt."

*

"Assim vai a vida…"

*

ETC.

Este livro foi composto pela Rádio Londres em Palatino e impresso pela Cromosete Gráfica e Editora Ltda em ofsete sobre papel Pólen Soft 80g/m².